· · · · · · · ·

文艺面向

思想内核

崖边

YABIAN

01

吾乡吾民

主编
阎海军

GUANGXI NORMAL UNIVERSITY PRESS
广西师范大学出版社
· 桂林 ·

图书在版编目（CIP）数据

崖边：吾乡吾民 / 阎海军主编. --桂林：广西师
范大学出版社，2020.10（2021.11 重印）

ISBN 978-7-5598-3009-8

Ⅰ. ①崖… Ⅱ. ①阎… Ⅲ. ①中国文学－当代文学－
作品综合集 Ⅳ. ①I217.1

中国版本图书馆 CIP 数据核字（2020）第 122817 号

广西师范大学出版社出版发行

（广西桂林市五里店路 9 号　邮政编码：541004）
（网址：http://www.bbtpress.com）

出版人：黄轩庄

全国新华书店经销

湖南省众鑫印务有限公司印刷

（长沙县榔梨街道保家村　邮政编码：410000）

开本：889 mm ×1 194 mm　1/32

印张：8　插页：8　字数：160 千

2020 年 10 月第 1 版　　2021 年 11 月第 4 次印刷

印数：12 881~14 880 册　　定价：48.00 元

如发现印装质量问题，影响阅读，请与出版社发行部门联系调换。

发刊词

　　一片田园，一间书房，中国士人孜孜以求两千年。告别帝制，谋求现代，中国进入"千年未有之变局"。由"乡土中国"迈向"城市中国"，进程波澜壮阔：城市爆炸性增长，乡村日渐衰落。尽管我们成功收获了"世界第二大经济体"果实，实现了历史性的跨越，但发展失衡的矛盾问题日益凸显。

　　前路漫漫，在探寻中国道路的征途上，如何权衡中外、古今经验一直是我们面临的困惑和难题。我们勇于吸取现代经验，但我们更应该坚定文化自信。乡村社会是中华文明的"原乡"，借着"乡村振兴战略"的实施，城市化背景下的逆城市化已获得广泛的社会认知。从城市化话语逻辑框架中分支一部分精力关照乡土社会，促成城乡良性互动的共进发展模式，是中国未来发展再平衡的现实需要。

　　《崖边》的诞生，在于倡议更多的人关注中华文明的根脉，并从中梳理能够助益现代化的思想文化资源。我们期待所有致力于乡土研究、乡村建设、乡村艺术的学者、艺术家、作家、记者、学生、打工者、实践者能够深入农村，打破边界，形成"跨界人文艺术表达共同体"，立足新乡土，创造新文艺，培植新青年。我们期望这样一种全新表达共同体的建立，能更好地帮助推动解决中国问题、探索中国道路本土化。也希望我们的行动，能在"城市化"和"乡村振兴"两翼齐飞的平衡前进中，获得更为积极广阔的认同。

文艺面向，思想内核。《崖边》确立的是思想性、文艺性兼具的方向，这也是我们试图营建的调性。

卷首语

　　首本《崖边》，我们确立的主题是故乡。我们围绕内涵广延的故乡概念，组织了稿件。在这里，故乡可能是我们的国家，也可能是一个村庄，所有的文章都带着家国情怀。

　　围绕乡土书写，我们先后在北京、湖南发起两场讨论，参与讨论的人有韩少功、祝东力等学术大咖，也有黄灯、鲁太光等青年才俊，还有黄志友等致力于乡村建设的一线实践者，大家各抒己见、互通有无，深化了认识，这也是《崖边》诞生的先导。

　　深植人民、扎根民间是艺术家创作的力量源泉，长期致力于为打工群体歌唱的"新工人乐团"最近几年连续开展"大地民谣"活动，深入大江南北与人民大众一同唱响"劳动者的尊严"；篆刻艺术家何效义与民间艺人互动合作，驻地创作"铁印"，开拓了篆刻艺术创新的可能性；5·12汶川地震中北川中学因上体育课而得以幸存的初三（4）班成员陆春桥震后回访同班同学，创作出纪录片《初二四班》，画面自然冷静对人与故乡关系、人与人情感关系的破坏，引人深思。以上三类艺术实践都是回到现场关照故乡的典型案例。

非虚构作家张子艺对自己家族通过三代人近百年的奋斗全部进入城市生活的描摹，全景式生动解剖了中国城市化的细微之处。走出乡土，所有的族人像蒲公英一样散落在天南海北。奋斗和成功，聚合与离散，故乡和他乡，回忆与失落……她呈现出了中国现代化图景下人们回望乡土时普遍的缱绻眼神。陇中农民闫瑞明关于20世纪后半期经历的本色回忆，娓娓道尽了中国农民精神的柔韧与传奇。他幼年求学，由于饥荒中断学业；少年丧父，勇挑生活重担；两次应招铁路合同工，依然难成"工人阶级"；乡间手艺信手拈来，不擅走艺只能终生务农。屡战屡败，屡败屡战，跳不出农门的蹉跎人生，他用勤劳、隐忍、坚毅抵抗命运。联合国环境专家曾将毛乌素治沙经验称为"世界治沙史上的奇迹！"这个奇迹的创造者之一王有德，获得了"改革开放40周年杰出贡献人物"称号。《南风窗》记者董可馨走近王有德，采访了他倾力于毛乌素沙漠治理，用半世人生演绎人与自然对抗以及人对故乡执念的故事。面对沙尘暴，面对雾霾，生在同一片天空下，我们必须有共同的对抗和执念。

在抵达"现场"的基础上，具有一定时间延续的"田野"更加难能可贵。王昱娟关于西安城中村改造的田野考察，敏锐地抓住了西安"缓慢城市化"的特质，从"祖遗户"、女性视角等维度，观察了城市化对人的改造问题；刘志红持续跟踪江西故乡民间戏班的生存状态，揭示了城市文明对乡土文明吞食过程中，民间戏班"救亡图存"的精神挣扎，同时借地方戏这一最细微文化形态的历史性变迁，对中国传统文化的命运提出拷问。

信天而游。青年作家崔国辉通过抒写一次回乡经历，泼洒了浓墨重彩般的思乡情感，也隐喻了对乡村未来的忧思。以《我是范雨素》一文爆红网络的作家范雨素，联系自己在北京做保姆的实际经历，对照观察故乡父老乡亲，思考了城市化背景下现代版的修身（就学）和齐家（娶媳妇）压力。因"诗意栖居"终南山而爆红网络的作家、画家张二冬，走下终南山，将目光投向河南故乡，用他一贯活泼风趣的语言勾勒出乡村大地底层人物的复杂面向，短章散记，深翻出转型期乡村社会人们调适、奋斗、抗争、迷茫的精神状态。

我们所期待的跨界表达共同体，书写形式依然是最重要的手段。首期《崖边》，我们呈现了书写者身份的多样化和书写价值的多重性，尤其是操持锄头的农民闫瑞明握笔书写的长篇回忆文章，除记录和再现历史之外，更重要的是弘扬了书写的日常意味和民间性。在传播格局和时代认知的双重变奏下，我们完全有能力实现鲁迅当年所期望的——"将文字交给一切人"——让书写成为"人人可为，人人能为"的日常行为。这也是我们对未来的期望所在。

目　录

从"返乡书写"到"书写返乡"

张孝德等

近年来，国内兴起了"返乡书写"潮流，产出了一批优秀作品和典型案例。围绕如何避免"返乡书写"在知识圈和既定框架内部自说自话，警惕这种难得空间被媒体逻辑和以都市为中心的主流文化所主导和消耗等问题，北京爱故乡文化发展中心和《十月》杂志社于2017年5月联合举办了"从返乡书写到书写返乡——爱故乡沙龙"，国内著名报纸杂志编辑、大学教授、作家、记者，以及爱故乡一线实践者和大学生等应邀参加，进行了广泛交流。

沙龙共分为上下两场，主题分别为：返乡书写的"困与力"；书写返乡的实践与可能。以下为现场发言纪要：

返乡书写的"困与力"

张孝德（国家行政学院经济学部副主任、北京爱故乡文化发展中心理事长）：这次会议是名副其实的，我们需要用文学文艺的力量，去助推目前乡村文明的发展。书写者不仅需要用笔，还需要用情怀来描写广阔农村的人和事，凸显出他们。另外一个层面，大家的感受是相通的：知识分子与农民和乡村之间的通道现在不是很通畅，紧迫的问题是重新去发现和书写他们。大家要知道，乡村文明的春天到来了，书写返乡是一个时代的使命。

陈东捷（《十月》杂志主编）：从文学史的角度梳理，虽然前几年遇到阻碍和瓶颈，但这几年书写返乡的又多起来了。故乡保存着童年和少年的成长记录，也是一个重要的印记。城市因浮躁而缺失的东西，需要去农村寻找，即使环境已发生变化，会有一些尴尬，但这些并不妨碍我们返回故乡，并为故乡做一些事情。我相信，返乡书写会越来越多，这是有时代意义的。

鲁太光（中国艺术研究院马克思主义文艺理论研究所副所长）：乡建是耕农田，书写是耕"心田"，都是耕种"田地"，二者结合，肯定会相得益彰。我们知道，乡土具有都市所不具备的美丽与力量，文学应该予以关注。我在农园租有一块地，六岁的孩子每次来到农园后，都异常兴奋，很活泼，乐不思归，这也让我自己感受到了土地的力与美。我觉得，对于在故乡和土地上扎实做事的人，尤其是对于乡建人，文学期刊应该给他们的书写留下一定位置。此外，乡土既面对着困，也面对着力，返乡书写所展示的，不应该仅是农村凋敝的一面，也应该去发现乡土的生机与活力。

黄灯（学者，非虚构作家，《大地上的亲人》作者）：我觉得更多的是"困"，内心的不踏实。从一个儿媳的返乡书写到《大地上的亲人》，对于一个写作者，没有对自我清理的话，书写出来的文字是值得怀疑的。现今时代，文学介入现实的力量是不是应该更有力度一些呢？有了困惑而去直面自己，进而书写自己，要直接去介入现实。作为写作者，面对现实困境，面对魔幻现实的社会，必须保有冷静思考的能力。这样一个大时代，需要写作者去面对每个个体的遭遇，即便是屈辱的。这是转型时代的见证。现在的作家，亟须面对一个"书写如何落地"的问题。

刘汀（《人民文学》编辑、《老家》作者）：返乡书写是一个立场和伦理的问题。我曾经参加四次高考，到北京读书，亲人们都这样说，"村里的人又活出去一个"。回头想想，即使不缺吃不缺穿，为什么他们对自己的命运还有悲剧性的认定？从"转身走"到"回头看"，返乡书写只有丰富起来，文本和价值的丰富性才能得以呈现。我认为，书写返乡者应该有一个合适的立场和视角，尽量去贴近时代的现实。知识分子应该摆脱文人式的自恋，站到土地上去，视角往"下"边走。书写者的困境如何去超越？或许力量非常微小，但又必须发出声来，由小到大，才能引起一些改变。

王昱娟（西安外国语大学副教授）：我是从乡村调研接触到乡村建设，并参与到这个事情上来的。作为高校教师，我们在高校组织了读书交流会，成立了秦北书社，组织学生"读诗、读史、诗时"，另外还开设大众文化研究课程，引导学生去认识时代现实。当前的教育不单是一个学科问题，还是一个价值引导的问题。在这样一个时代，我们要相信文学是有力量的。返乡书写应该从个体感悟过渡到群体参与性的书写返乡。

饶翔（青年批评家、《光明日报·文化周末》副主编）：无论是黄灯的《大地上的亲人》，还是刘汀的散文集《老家》，书写人的身份都是文学博士，延续着一个乡土书写的文学传统。都涉及情感的投射，这个自我焦虑感，也就是"无法克服的情感"，却恰恰是最打动人的。刘汀提供了文学形象，有困苦欢乐，有命运的茫然感，他用细节描写了人物的丰富性。文学是有力还是无力？从个人命运体认到整体命运的悲剧感，从唤醒到关注，从身边亲人和村庄开始书写，这就是文学的力量。

虞金星（青年批评家、《人民日报》文艺部编辑）：当前报刊中的部分返乡文学作品主要完成了两个功能，表达情绪和保存民俗。一类作品以乡村过去的"美好"对比现在的"衰败"，或以乡村的自然田园对比城市的"钢筋森林"，情感逻辑并无区别，只是完成情绪需要被表达、被倾泻的功能。保存民俗是指用文字去记录乡村将要绝迹的手艺和它们所蕴含的情感关系。但多数作品仅止于此。可能文学形式本身，已经成了大家返乡、思考乡村问题的一种束缚。近年来超出文学范畴的作品有突破，写作者开始学理性地去分析呈现所见现象。但苛责一点说，就是需要意识到个人经验的有限性，提防个体经验过度承载意义，过快上升到宏观和全局。我们应该承认个体有限，通过局部的积累，寻找更多乡村建设突围破困的方式方法。

季亚娅（青年批评家、《十月》杂志编辑部主任）：我是通过阅读乡土作品来清理自己。今天谈到的返乡书写应特指非虚构的文学。情感的"真"是文学的一个重要品质，个人经验也是有力量的，而寓言式书写有时恰恰是在遮蔽乡村的多义性。非虚构文学具有非整合性，需要借用多种资源范式和学科模式来书写。此外，非虚构文学对现实隐秘性角度的呈现也具有重要意义，但这需要更敏锐的眼光和更切实的现实关怀。最后，不管是返乡书写还是文学文本书写，都有一个被忽视的主体即农民自身，如何与他们建立联系，这是一个重要问题。

书写返乡的实践与可能

阎海军（非虚构作家、《崖边报告：乡土中国的裂变记录》作者）：贾平凹的作品《极花》曾引起"乡土文学叙事合法性"的争论，这是一个整体社会意识漠视乡土世界的时代，因此当下作家的任务在于重建"文学叙事中的乡土合法性"。关于返乡书写消费农村的问题，我认为这一点非常值得警惕。我们期待各界对乡土世界多一些真诚的关心。乡土写作，找一个什么样的角度来书写？其实不在了形式，而是要有真情实感。非虚构可以是当下乡土书写最好的突破口。在纯文学刊物"精英化""圈子化"的当下，需要注重网络平台传播的问题。我在这里分享三点写作建议：一、写什么是真情实感的问题，要深入下去；二、关注底层，为了大多数人的现代化；三、时代需要更多有现实关怀的作品。

高明（上海大学文学院文化研究系讲师）：我相信文学是有力量的，真正直面社会问题的作品行文不会是简化的、一刀切的，作者的思考、挣扎和文字可以呈现现实的复杂性。自我清理首先是知识分子的自我反思，反思我们的位置，反思我们能做什么。很多实践者已经用青春和汗水在"书写"，而高校工作者的任务可以是梳理和呈现乡村工作的经验，探究其症结，并与一线的实践者并肩前行。如今学院知识分子面对的问题是如何通过归纳的方法，将实践中产生的知识、经验、纷繁复杂的农村现状甚至矛盾缠绕梳理出来，和既有的理论相对话。这样的知识生产不仅应深入到乡村问题的个体经验中去，也应将乡村问题历史化，在历史结构中理解个体经验，把宏观和微观结合起来。知识分子不应该只是为生产知识而生产知识，而是要去探索和实践，生产具有目标指向、行动指向的知识。

黄志友（北京爱故乡文化发展中心总干事）：2004年我大学毕业后，因为发展农业、建设农村的理想，加入河北晏阳初乡村建设学院。假如说没有青年人做农业了，那么它的前途和命运在哪里？农民在为市民生产食物的同时，也保护了山川河流，保存了乡土文化资源，滋养了城市。2008年，我参与创办了小毛驴市民农园。小毛驴市民农园试验的意义，在于将农民和市民拉到平等对话与合作的同一个平台上来，形成一种互助和融合。2012年，我们团队又发起"爱故乡"活动。爱故乡的意义，不仅仅是一种乡愁情感的宣泄，也不只是一个农村概念的范畴，而是整个社会意识的重构，是城乡建设主体性的自觉。我们每一个人，都应该为自己故乡的可持续发展，做出努力和贡献。"爱故乡"将努力推进"市民下乡、文化进城"，促进城乡资源的有效对接和整合。"爱故乡"是中国本土性的概念，而不是借助于西方的话语，这应该成为我们中国人的文化自信所在，最终化为推动中华文化复兴的自觉！

刘忱（中央党校文史部文学教研室主任）：我在小毛驴市民农园种了好几年菜，也学到一些做事的道理，只要去做，没有什么事情是做不了的。以前我们总会想，钱从哪儿出，谁来管，但最重要的是靠谁来做。现今已进入一个新时代，不仅要现代化，更要回到民族自身，回到本源上来看待中国问题。从历史和现实出发，看我们的未来。爱故乡，就是回到我们的民族本源。书写返乡，书写者不仅是批判者，更应该是鼓励者、守护者和建设者。乡建人逆城市化，负重而行，走着一条光明的道路，我们应该给乡村以温度。

孟登迎（中国社会科学院大学人文学院副教授）：我和乡

建群体接触十多年，他们有一种吸引人的独具魅力的文化。过去我很少阅读20世纪90年代以后有关农村和农民的当代文学作品，原因在于，作为一个出身于农村的人，感觉这些作品对农村和农民的描写很不真实，自己无法对夸张扭曲的作品做出恰当的判断。鲁迅先生描述乡村生活的作品，外表冷峻决绝但内里火热，是有张力的，依然是可靠的乡土写作传统。只有忠诚于自己的判断和真挚情感，才能够写出好作品。乡愁不应是轻飘飘的虚伪表达，而是真心的忧虑和更积极的改造，后者不是目前流行的乡愁话语可以替代的。从大学文学教育中可以感觉到，乡土文化本身对现代的我们仍然有精神上、情感上的滋养。只有人与人之间达成友善交流才构成真正的文化，中产阶级以单子化旅游和农家院掠夺式采摘，构不成相互尊重和交往的文化，很多只是简单消费农村和农民的特产。只有市民和农民互动起来，相互理解和体谅，才能建立起一种积极的新文化。只有将城乡壁垒打破，从内心生发出真情实感，才能写出好作品。我认为返乡书写可以有更大的包容性，这也提醒我以后要努力多读当代作家的作品。返乡书写和书写返乡的创作主体应该多样化，尤其要鼓励非专业作家的写作。期待"乡建青年"中会出现更多的作家、思想家和学者，建立起自身的主体性，让乡建能够被更多人看见，同时也可以给予目前的主流文化一种不同的滋养。创作主体的多样化最终可以带动读者的多元化，这样才能为文学的繁荣和乡建的推进培育深厚的土壤。

狄金华（华中科技大学社会学院教授）：人心不是社会科学可以解决的，需要人文学科，回到人心的人文学科，这也是我从社会学学科方法转向的原因。在这里我要提三个问题：第一，为什么这几年返乡书写越来越多，不仅仅是因为农村更凋敝，更是城市问题的一种表征，因为城市不能再安放我们的心灵。第二，我们需要反思，返乡书写是真实的还是想象的农村？第三，我们书写返乡，是一个社区层面的共同体还是精神层面的共同体？

何慧丽（中国农业大学人文与发展学院副院长）：爱故乡或者说返乡书写，它是有一个宏观背景做参照面的，即中国当前现代化（城市化／工业化）的困境。返乡书写是一个"正思"，书写返乡是一个反思，无论正反，直接面对的都是乡村，深层的则是对中国现代化困境的解构和对中国城乡共生发展道路的建设性担当。我曾经在兰考挂职做副县长，当时就写了《令人愁苦的兰考贫困》，也算是最早的返乡书写者了。后来，我感到知识分子应该完成从反映问题的"镜"到照亮前行的"灯"的角色转换，于是就从"返乡书写者"变成"书写返乡者"啦！书写返乡要用行动、用脚来书写，要知、行、心合一地写；而不是只从理论概念出发，从职业任务出发，为书写而书写。此外，书写返乡，作为当代文学或文化复兴的时代使命，本质上是有着眼于中华民族伟大复兴的立场和方法在里头的，是要完成从自发到自觉性的"观点、立场和方法"的转变或蜕变的。

潘家恩（重庆大学文学与文化研究中心主任）：现在我们在物理空间上离故乡很近，但为什么还感觉回不去呢，不是人回不去，而是心回不去。回顾当代乡村建设的发展历程，我认为十年"毛驴"背后是百年乡建，是千年农业。我们需要跳出乡村看乡村，及时警惕返乡书写的浪漫化。关于返乡与我们，不是乡村需要我们，而是我们需要乡村；同样，文学也是需要乡村的！

发现故乡与乡土书写

韩少功等

"故乡是认识世界的起点，更是心灵回归的终点。"为了促进乡村文化研究学者与乡土一线工作者的合作对话，推动乡土书写事业的繁荣，中国人民大学乡村建设中心、西南大学中国乡村建设学院、北京爱故乡文化发展中心等机构，于2017年8月在湖南汨罗市举办了"发现故乡与乡土书写"工作坊。韩少功、祝东力、昌切等专家学者与一线实践者近百人汇聚屈子沉江之地，共同探讨了新时代的乡土书写问题。

以下为本次工作坊主要发言摘选：

韩少功（著名作家、评论家，《马桥词典》作者）：现在我们有些到城里读过大学的年轻知识分子，不容易再回到故土，不大能接受家乡，倒不是说那里贫穷、落后、土气、青山绿水不在——这些他们大多还可以忍受；他们常常最觉得受不了的，是道德的崩坏，是世道人心和公序良俗的根基动摇。

道德与文化确实是当今中国现实的　个短板，是乡村建设的重要短板之一。对这个问题光是放一放道德嘴炮，并不能解决问题，需要一些冷静的观察。当我们的医疗手段越来越发达，大幅度降低伤病的危害；当我们的救灾手段越来越发达，大幅度减少洪水、干旱、山火、蝗虫的危害，总之，不可知、不可控的危害一步步地减少，那么靠"老天"管理世道人心的机制还灵不灵？替代性的机制又如何建立？除了"老天"，以前管理道德的另一个重要工具就是先人。如我们常说的"对得起先人"。因为环境以及生产方式和生活方式的变化，祖宗这个制衡角色正在弱化、淡化、虚化。这也是我们需要有所准备的一个历史过程。那么，为了补上道德与文化这块短板，与其着急和开骂，不如顺势而为，因势利导，注意各种新的资源、新的方式、新的机会，以便拿出有效的治理举措。

　　黄灯（学者，非虚构作家，《大地上的亲人》作者）：发现故乡与乡土书写，意味着我们要从文明转向的角度，重新擦亮乡土的文化招牌。其次，爱故乡意味着行动力与建构性的结合。在转型期的中国，概念过剩、信息过剩、资本过剩成为新的现实，如何认识国情、回到实践，是摆在决策者与知识分子面前的一项迫在眉睫的任务，对年轻人而言，更是如此。爱故乡重回大地，重回亲人的努力，是巩固和重建新的价值观念的可靠途径。新农村建设的展开，生态文明的最终实现，有赖于不同群体的合力，有赖于一代代人的接力。面对困境，不抱怨；面对难题，积极行动，成为爱故乡所有参与者的基本特点。在爱故乡精神的感召下，年轻一代警惕当下知识生产过剩、行动力匮乏的现实，深入大众、深入基层，与人民群众心连心，放低自己的姿态，得到了很好的锻炼，也获得了更为广阔的发展空间，必将完成自己的使命。发现故乡与乡土书写，意味着我们对乡村经验的处理，不应仅仅成为人们回望故乡或远离故乡的情感发酵地，更应成为我们在爱故乡的实际行动中，建构新的生活方式的具体参照，成为我们认识国情、建构新的精神资源的可靠路径。再次，我要强调一下，此次工作坊在汨罗召开，本身就是对爱故乡精神的一次明确呼应。从远的方面说，屈原心忧苍生的悲悯、范仲淹先忧后乐的担当，早已作为一种文化基因化入汨罗人的骨子里；从近的方面说，韩少功先生17年来，重回知青下放地的独特选择，一次次引起知识界关注和讨论乡土文明的热潮，也在无形中促进了汨罗文学的发展，默默营构了汨罗文化氛围。

祝东力（中国艺术研究院副院长）：爱故乡应该在反思现代化的基础上，回到生态文明建设上来，这应该是爱故乡的一个内涵和精髓。汨罗是我国伟大的爱国主义诗人、三闾大夫屈原的沉江之地，因此可以把汨罗看成一个精神上的故乡，文化的源头。实际上屈原心中的故乡不在汨罗，而在朝廷，屈原被放逐，不如说是一种解脱，与其心心念念朝廷，不如和百姓打成一片，这是从屈原悲剧中引发出来的一个思考。但今天纪念屈原应该有今天的立场，文学当然是一种写作方式，去呈现没有被发掘出的人事。但需要警醒的是，今天的乡土书写不能变为一个小圈子，不然就偏离了爱故乡发起的初衷。新的书写需要不断地发掘乡土、阐释乡土，并多多交流。

昌切（武汉大学文学院教授、博士生导师）：鲁迅是从社会变迁来看待农民。中国自19世纪中叶以来，一直在走西方国家走过的路，到20世纪上半叶，又处于战争的状态。梁启超讲的群治，立国要先立人。我们知道《故乡》是鲁迅一篇小说的题目，闰土式的人物是鲁迅的发现，他笔下的农民是麻木的，这是一种乡村书写类型。80年代以来，开始激进的城市化，接下来的20年城市化进程加快，张承志、贾平凹，完全站在传统文化的立场，诅咒城市化。比如张承志笔下的西海固，贾平凹的《极花》，他们赞扬的是一种乡土精神。这种传统来自沈从文，来自道教文化。从这个角度来反衬城市人的交往方式，很虚伪。这是乡村书写的第二种类型：固守传统文化。茅盾是从社会变革的角度来看乡村的，但他关注的不是乡村的文化问题，而是作为政治符号的问题。认为新一代农民是革命的动力，从写作中洞察这个社会的发展趋势。解放后，很多写农村的作家的写作就是沿着茅盾的道路，比如柳青、路遥等，这是乡土写作的第三种类型。而今天，城市化工业化的进程正在加剧，农村人慢慢脱离了土地。关于乡土书写，还是要站在一个纵横的坐标系上，在总体了解的基础上有所继承和创造。

阎海军（媒体人、非虚构作家）：2008年，我再一次回到家乡，所见都是乡村凋败的场景，于是开始反思自己。作为"挤破头"进城的农民后代，我产生了调查、整理农村问题的冲动。从此利用工作间隙深入农村调查，写出《崖边报告》一书，以小切口大视角，由一个村庄透视了乡土中国的整体变迁。在书中，我提出了守住乡土，应该让农民就地现代化的观点。《官墙里》是写我个人城市化的起点，也就是说，在城市化过程中，不应该漠视乡土的价值。《陇中手艺》是发现故乡之美，采写突出手艺的民间性、群众性。关于乡土纪实写作，我主张"三共"理念：共在（带着真情采访）、共鸣（写出感同身受）、共识（寻求最大公约数）。

张慧瑜（北京大学新闻与传播学院研究员）：这次工作坊有大家庭的氛围。我认为，首先要理解爱故乡与爱中国的关系。20世纪是很特殊的一个社会时期，出现了大量的乡土文学，要想了解中国就要了解农民，从毛泽东到现在，面对现代化的挑战，都是在面对农业、土地和农民的问题，所以说爱乡土不是爱某一个地方，而是在理解中国。其二，要理解爱故乡与城市的关系。理解农村，又涉及理解城市，不能简单地反对现代文明。因为工业化文明，让人变得回不去故乡，有了思乡的情绪，乡土书写催生我们在这个过程中理解乡土文化。一个是恶的故乡、坏的故乡，像鲁迅笔下的故乡，就是印证乡土封建的愚昧，印证工业文明的正确性；另一个是诗意的、乡愁的故乡，是为了批判工业文明。这两种书写在不同的时代循环往复，但这是有问题的，因为两者都是站在城市人的角度看故乡，不是真实的故乡，这两种思想都是值得警惕的。除了以上两种故乡，还有一个以乡土为中心、以乡村为视角、以农民为对象的革命的故乡，通过合作社、集体化，建设诗意的、生态的、工业的和现代化的故乡。其三，我们写故乡，要表达出理想的文化价值。第一，要爱生态，农业要生态、工业也要生态；第二个要爱劳动，就是爱工农、爱人民、爱劳动者，倡导以工农为主体的文化价值，改变资本主义的生产关系；第三个就是要爱合作，构建新型人与人的关系，走出孤独，营造集体的氛围；第四个要爱民主，追求平等，反对政治、经济、文化、社会的等级制。爱故乡应该去倡导一种平等的价值观，只有这样，才能建设一个更加和谐的社会。

黄志友（北京爱故乡文化发展中心总干事）：其实汨罗是爱故乡的精神原点，是爱故乡的港湾，更是爱故乡的加油站。屈原忧国忧民的爱国主义精神，应该继续在我们这个时代呈现，就是说爱故乡一定不只是一种简单的情怀、一种对乡村的浪漫化讴歌与文化叙述，而是要直面我们这个时代的生态与社会危机，回应农村发展错综复杂的各类问题。只有如此，才是对于时代的责任担当，对追求更美好的时代最好的回答。为什么要推动乡土书写？乡土书写是时代的呼唤，是情感的表达，是历史的传承，也是文化的存留。爱故乡倡导、推行本土经验，保育乡土文化，而乡土书写是参与爱故乡行动的重要方式之一。历届爱故乡大会评选出了很多乡土书写的优秀代表，他们通过村史乡志、自然读物、乡村影像、乡土教材编写等方式记录和表达故乡，可以说是一场汇聚人心的行动。

潘家恩（重庆大学文学与文化研究中心主任）：非常感谢各位老师和实践者们的大力支持与精彩分享！很荣幸能代表工作坊会务组在这里做个小小的总结。工作坊内容十分多元和丰富，实在难以归纳，我个人认为有个十分重要的关键词可以帮助我们进行理解——"看见"。"看见"故乡，也即重新发现故乡，并开启一种面对未来的乡土书写。作为"爱故乡"计划的实践者和乡村建设的研究者，下面我谈三点观察和思考。

一、现实困境与突围之中的乡土书写。我们身边充斥着不少以"乡土"为名义的书写，但仍然无法让我们建立起对乡土和故乡最重要的自尊与自觉、自信与自豪。这看起来是教育问题，实际是文化问题，同时也是真正有生命力文学缺位的问题。在这种情况下，又有什么东西可以更好地滋养乡里少年的精神世界呢？从某种意义上可以说，乡愁的土壤是"乡衰和城困"，既然今天的乡村和城市都面对着困境，乡土书写自然也就在现实困境之中，但同时也在不断寻求着突破。然而，各种突围无疑是艰难的，也是孤独的，很难有主流社会的鲜花和掌声。但也正是无数实践者数十年的坚持、坚韧和坚守，为离乡太久的我们留下一条回家的路。

二、城乡互动与发现故乡视野下的乡土书写。也许"城市，让生活更美好"，但可持续的乡村，才可能让城市更健康。这种突围的参与者，既包括越来越多的"在城农二代"和关注乡土的"城市原住民"，也包括和在座各位一样，本身就是身在乡土的无数"在乡人"——城市化可能掐走了草尖，但同样多的草根留在了土壤里，坚韧、不悲情地和大地融在一起。发现故乡可以很宽泛，不仅包括发现故乡的自然景观之美，还包括社会人文生态等角度的美。除发现被遮蔽的美本身，也包括揭示其所面对的遮蔽力量，让"美"为更多人认同成为可能。发现故乡也可以很具体，它既可以是远方的家乡和亲人，也可以是身边的一草一木。当然，发现故乡不应是单向的，它同时意味着自我反思，因此，新的乡土书写不仅要产出新的乡土文学，更要以"危"为"机"，重新认识乡土、理解乡土、融入乡土。

三、面向未来与发掘可能的乡土书写。首先，这种书写应是生态和可持续的，自然也就内在地带有多样性和在地性。其次，这种书写应能真正激发想象力，突破主流坐标和定型化理解，以及各种常见的"好人好事"、"就事论事"和"成王败寇"式处理（其背后仍然是把普通百姓刨除在外的"英雄史观"），由此打开更大的可能空间。再次，这种书写应是开放连接的，能够与社会充分互动，广泛参与，写作者和写作对象需要进一步融合，既不是"自娱自乐"，也不要悲情自恋。为了做到这些，我们一方面需要"顺势而为，借力打力"，充分借助大众传媒、自媒体等手段，同时对资本逻辑和流行文化保持警惕，让大众书写真正走向大众。另一方面要"跨界参与，多方协力"。利用正在降低的写作与传播门槛（写作者不再只是文化精英，也可以是普通的农民和工友），发动更多人参与，实现学院知识分子与草根实践者的有效互动，开辟出新的知识生产方式。最后，就像我原来一直说的"不仅乡村需要我们，而且我们更需要乡村"，在这样一个城乡困境愈发深刻且文学愈发无力的当下，不仅是乡土需要文学，同时也是文学需要乡土！不要等到落叶了，才归根！

（崔国辉 整理）

且行且歌，
我们在村口办起音乐节

吕途

> 望着岁月为我们留下许多不经意
>
> 昨天的祝福是我为你写下的心情
>
> 不愿看着你一个人背井离乡去寻找你自己
>
> 会舍不得你
>
> …………

在开封老城的一条胡同里，《一路有你》的歌声响起。这条旧巷，现在叫"生产后街"，宋朝叫"甜水巷"。开封当年是全世界最大的都市，据说宋朝当时的经济总量占全世界的三分之一。演出现场在开封老城的城中心，周围都是一些老房子，特别像北京的老胡同。市政府进行改造的时候，并没有把当地居民搬走，而是把地面儿和周围环境弄好。胡同不宽，但是比较长，有墙，有空间，可以聚拢声音。老百姓还生活在那儿，加上周围的环境弄得特别干净，特别有生活气息。都是平房，没有高楼，很舒服。音乐一响，周围的老百姓都出来了，也有游客过来围观。有些人站在阳台上观看演出并鼓掌，氛围很温馨。

在四川乡村一所废弃的小学校里，《一路有你》的歌声响起。在鱼鳞滩村的集体记忆里，村里上一次大型聚会是20多年前的一次篮球赛。来到鱼鳞滩村，首先映入眼帘的是漫山遍野的脐橙树，那是果实成熟的季节。村里大多数年轻人都外出打工了，果树大都处于自然生长的状态，主人也不会专门回来采摘和售卖，路人想吃了可以去摘几个品尝。大地民谣演出当天，当地组织者在小学校操场上准备了300个凳子，还担心是否能来那么多观众。演出快开始的时候，在学校门口望出去，从四面八方的田间小径里，人们陆陆续续地汇集着，最后，现场来了1000多人。我们所有人，包括组织方都被现场的火爆气氛给震惊了。

"2018大地民谣全国巡演"自10月30日启程，至12月9日结束，为期41天。经过北京、陕西、贵州、重庆等8个省市，行程10151公里，沿途举办大地民谣音乐会义演共计22场次，现场观众达12000余人次。

"2017大地民谣全国巡演"于11月3日启程，11月26日结束，路线是：北京—洛阳—兰考—民权—南阳—信阳—武汉—长沙—宜春—北京，演出21场，往返1万公里。

一路走来

任何事情都是从"一"开始，包括宇宙万物。"新工人乐团"一路走来，从一个个的人，到组成一个团队，再到组成多个团队；从迷失自己，到找到自我，再到走出自我，走进大地、山川和人民，经历了风雨和阳光。

那是2002年5月1日，打工青年演出队宣布成立，有几十名工友参加，这是新工人乐团的前身。从那时开始，几位曾经独自品尝迷茫、孤独、痛苦、挣扎和不放弃的年轻人走到一起，开启了一场场社会实践活动：

2005年，我们在北京北五环外的皮村创办了"同心实验学校"，为打工子女提供在城市上幼儿园和小学的机会。这是一种边缘人群的教育自助和合作办学。

2006年，我们在皮村开办了第一家同心互惠二手商店，在接下来的13年间，陆续开办了10多家二手商店，这是通过开办社会企业来实现自力更生、自我服务、保护环境、服务工农的社会实践。

2008年，我们在皮村开办"打工文化艺术博物馆"，设有"打工三十年——流动的历史"、女工展厅、儿童展厅、劳工NGO展厅和实物展厅，并陆续开展有针对性的研究和主题展："打工者居住状况与未来发展""家在哪里？""新工人的文化实践"和"女工故事——个体命运与社会历史"。

2009年，我们在北京市平谷区创办"同心创业培训中心"/"工人大学",开展了13届在校培训和3届网络培训。

2013年,我们在北京市平谷区创办"同心桃园",用生态的方式种植桃树,用提前认养的方式建立消费者和生产者的对接,争取创造一种公益、生态和农业经济发展的良性互动。

2016年,我们在北京市平谷区创办"同心公社",利用的是"工人大学"校址。希望过上一种经济可持续、生态环保、互助共赢、共同发展的新生活。

一切都在变化,唯一不变的是变化。2002年,从农村到城市打工的人数仍处于快速上升阶段,争取打工者在城市的权益在那个历史时期被当作主要矛盾。到了21世纪初,农村和农业的极度衰落,粮食安全危机、环境危机和其他社会危机日益严重,唤醒了更多的人对发展道路和人生价值的再思考,生态文明建设成为社会的主要矛盾。"大地民谣"在这样的社会变化当中应运而生。60后和70后打工者,年幼时经历了农村的穷苦和失学的痛苦;年少时来到城市在工厂的流水线上流血流汗,青春消逝的时候,陷入"待不下的城市、回不去的农村"的困境。很多80后和90后的打工者,从学校门出来就进入了工厂,眼看着城市灯红酒绿,眼看着周围一些人"一夜暴富",而自己辛辛苦苦挣的钱只能维持自己的基本生存,无法在城市买房子,无法进入影视中展现的城市的"高档"生活,这种鲜明的对比,让新生代打工者失望和迷茫。时过境迁,当无数人尚没有过上工业化和城市化所提供的消费主义生活方式的时候,当打工者在到底是应该反抗老板的压迫还是争取自己当上老板的思想斗争和双重标准中挣扎的时候，这种生活方式和生产模式所带来的生态危机已经压倒一切地让我们看到灾难的降临。幸运的是，从10年代初开始，新的乡村建设运动开始萌生；近几年，国家越来越重视生态文明建设；2018年中央开始大力度实施乡村振兴战略。每个人的生命历程都是个体命运和社会历史的交响曲，打工群体在这种时代背景下，都在被动和主动地做着人生选择。没有方向，就是随波逐流和得过且过；有方向，才是真正有意义的选择。

2008年，"打工青年艺术团"更名为"新工人艺术团"（2019年5月更名为"新工人乐团"）。打工者被很多人称为"农民工"，很多打工者自己也认同自己是"农民工"。我们称打工者为"新工人"，因为，除了少数季节工外，大多数打工者已经长期脱离农业生产，是城市的长期居民和工厂、职场的全职劳动者，不可能既是工人又是农民；当然，一个人可以是工人，却仍然是农村户籍。10多年来，"新工人乐团"致力于用"歌声呐喊，用文艺维权"，希望打工者以劳动价值观武装自己的思想，争取在城市居住区、打工地合理合法的劳动待遇。"新工人"是一种方向和倡导，有了方向才能找到自我。

2014年，"新工人乐团"开始启动"大地民谣"活动，在纷繁复杂的世界里，在酸甜苦辣的经历中，我们看到了更多的事、接触到了更多的人、体会到更多的层面、认识到了更宽阔的自我。我们关注的范围更广泛了，走进不同领域的观众之中，紧紧围绕着生态、公益和劳动价值的核心。与社会焦点和社会共识相呼应，同时把握着我们的初衷，在变幻的现实中寻找生命价值的本质和社会健康发展的道路。大地民谣继承着新工人乐团走进工地、社区和高校的传统，同时，也走进各种其他公众场合，包括酒吧、剧场、影院、书吧，特别是，走向农村这个广阔天地。大地和人民是大地民谣的精神依托。可以用"梦想成真"来形容2017年冬和2018年冬的两次大地民谣全国巡演。遥想2002年，几个穷哥们一起成立"打工青年演出队"，梦想有一天开一辆大篷车去各地为工友们演出。那个时候，连一把像样的吉他都没有，连一套音响都没有，在工地上演出的话筒架是用钢管代替的。时隔15年，有些东西没有变，有些东西面目全非，还有些东西超出想象。

2018年1月，中国政府颁布"乡村振兴战略"；同年7月，英国教授杰姆·贝德尔（Jem Bendell）发表长文《深度适用：环境灾难下寻找路径的图景》(Deep Adaptation：A Map for Navigating Climate Tragedy)；同年9月9日，15岁的瑞典学生格蕾塔·桑伯格（Greta Thunberg）在瑞典议会外面静坐罢课，呼吁国家面对环境灾难采取措施，从此之后的每个周五格蕾塔都这样做，由此引发了世界范围内的学生关注环保的行动。当很多人还在继续做着美国梦和城市梦的时候，美国发展模式和城市发展模式的不可持续性和破坏性，以及相关联的化学农业所造成的环境危机，即将通过环境灾难的方式被中止。近百年来被推崇的依靠石油工业的现代文明，包括工业化、城市化，是一种不可持续的文明；其实，既然是破坏性的和不可持续的，这种文明其实根本就不是文明，而是反文明。在这种情况下，由衷赞叹中国政府提出生态发展战略和乡村振兴战略的英明之举。

让灵魂升华的鼓楼侗歌

2018年11月16日，大地民谣全国巡演的路程过半，上午10点20分，我们从贵阳市镇远县出发，驱车300公里，来到从江县高增乡高增村。接待我们的是民间自发组织的村寨联盟。2018年3月31日和4月1日，来自广西和贵州的17个村寨47位村民代表参与了贵州省丹寨县基加村召开的联盟成立大会。为了迎接"大地民谣"的到来，村寨联盟一共开了30多次会议进行讨论，尤其是竞争和评选在哪个寨子举办此次活动。这是我们在乡村民间第一次遇到这样形式的基层联盟，精神上独立，文化上自信，组织上自治，形式上民主。在传统文化与现代化激烈碰撞的时代，迷失自我与找到自信，向外追寻与文化回归，是硬币的两面，经历时间的流淌、体验的积淀和时代的变迁，蜕变才能发生。在我看来，这个神秘的、激动人心的村寨联盟就是这种蜕变的果实。

侗族鼓楼里的歌声是山寨日常生活的一部分，平日里，本寨的歌师在鼓楼里教歌，想唱歌的村民围着火塘吟唱，遇到亲朋好友来访和节庆，村民穿上盛装、妇女把鲜艳夺目的花朵戴在发髻上，对歌到深夜。

"大地民谣"以歌会友，参与鼓楼对歌。这天晚上的对歌，我们第一次见识了什么是原生态的歌声。一个寨子所有在场的人会一起歌唱，有和声、有领唱，主要是合唱，在鼓楼高高的空间里，歌声悠扬。新工人乐团是整个活动重要的客人，既然来了，肯定要唱歌，孙恒、路亮、许多分别独唱，遗憾的是，因为没有音响，只能看见他们的嘴在动，歌声却消逝在塔楼空旷的空间里，几乎无法听见。

　　这就是自然的力量，只有合唱、只有集体发声，声音才可以被听到。我对电子乐器和电子扩音设备的运用没有意见，我做这种对比的意思是，真正原生态的音乐是没有电子设备仍然可以发声的音乐，那是天籁之音。当地人告诉我，寨子里的人去世以后，要在鼓楼里唱歌，已故之人的灵魂在这个过程中安息和升天。

　　第二天上午，联盟组织"无痕山林"野炊，地点在山间河流的岸边，水流清澈，可以洗菜、洗碗和取水。食材都是提前就准备好的，升起柴火之后，就开始烤鱼烤肉了。盛饭的工具是劈成两半的竹子，方便实用。大家把食物放在芭蕉叶子上面，就如同长桌宴，顺着摆过去，留给任何一位想吃的人。没有人不受欢迎。我一开始没有留意这个场景，当我最后明白，芭蕉叶上摆的食物是给任何一位"陌生人"的时候，我差点儿掉下了眼泪。这样的分享习俗似乎由来已久。当地人告诉我，侗寨有上寨和下寨之分，上寨就是定居久远的村民所居之地，下寨就是后来移民于此处定居的村民所居之地，先来者和后来者会协商使用资源，先来者不会排斥和驱赶后来者。

晚上8点，举办"乡约乡见·大地民谣音乐会"，现场观众大概有2500人。激动人心的大聚会和大会演。我不知道当地组织者如何评估这次盛大隆重的活动，我由衷地赞佩他/她们的组织能力。而我内心涌动的思绪是，我虽然感激我们的到来与这样的大型演出相得益彰，但是，我更希望当地人可以更明晰地看到他/她们的传统和日常生活方式中所蕴含的真谛，在工业化、城市化和化学农业将人类逼向灾难的历史时刻，这些蕴含生命真谛的生产生活方式才能让人类获得生存机会。

在有机稻田里歌唱

2017年11月24日早上，大地民谣团队从湖南安化的大福镇出发，驱车400多公里，前往江西省宜春市宜丰县新庄镇的南垣村。接待我们的是返乡青年姚慧峰。到了村子里，找到姚慧峰的家，看到那所熟悉的房子。我第一次来这里，但是我认识这房子和房间里的布置，因为我看过介绍姚慧峰的纪录片，也听过他的讲座。去年11月份在蒲韩，我把慧峰的讲座录了下来作为工人大学的教学视频之一。慧峰请我们去合作社（慧峰家的老房子成了合作社的办公室）的茶室喝茶，都是生态茶。晚上，我们在合作社的厅里吃长桌宴。慧峰用自产的大米和紫米分别酿了白酒和米酒。

姚慧峰1981年出生在南垣村。他回忆说，小时候，村子周围都是原始森林，林子里有野猪、野狼出没，他们如果去放牛都要结伴而行。2006年，村子周围的山林被个体承包了，立刻造成了大规模的毁林，原始森林几乎消失殆尽！阔叶林几乎都没有了，承包户砍伐了原始森林以后种上杉树，生长15年左右再次砍下出售。生态环境完全改变了。

慧峰小时候，对环境、山林和稻田并没有什么特别的感觉，觉得种田很苦很累，和其他人想的一样，要逃出这个地方，要跳出农门。2001年他考上了宜春的一所大学，可慧峰没有去，他说："我不希望去上大学的地方连火车都不用坐。"复读了一年，慧峰考上了云南林业大学。去云南，要坐32个小时的火车，第一次离开家乡，第一次坐火车，32个小时的路程，慧峰连眼睛都没有闭，很兴奋。2006年从云南林业大学毕业，去医药公司工作，先在北京工作3年，后来在广州工作2年，成为某医药公司长江以南14个省的总经理。但是，看着大城市车来车往、人来人往，慧峰困惑："这是我想要的生活吗？"慧峰在城市一直没有找到归属感，从来没有想过要在城市成家和购房，想要回乡，却找不到切入点。2010年，慧峰找到一家机构学习生态农业，做了一年实习生，想法很简单："要去生产健康的粮食，一个人连吃东西都提心吊胆，活着真没有意思。"

2011年，慧峰返乡种田。爸爸和妈妈非常生气。为了躲开儿了，爸爸干脆自己外出打工，妈妈每天哭泣，说："你读了十几年的书回来种田，别人家的孩子没有读那么多书都出去了。"慧峰默默承受着父母的伤心和村里人的指指点点，从头学起做农民。周围的农民认为种水稻不用化肥和农药是不可能的，而慧峰做到了，第一年产量400多斤，第二年500多斤。能够坚持下来并不是基于好高骛远的远大理想，慧峰说："我的稻田是干净的，鸭子可以在里面游玩，我看到鸭子的时候心里很高兴。对的事情坚持做的话肯定会有出路的。"现在，慧峰已经返乡6年多了，注册了稻米品牌：稻田南垣；成立了合作社，入社农户60多家，全村有1000多亩稻田采用了生态种植。

南垣村有100多户人家，600多人口，是一个有着1400多年历史的古村落。姚氏祖先曾在朝为官，隋末唐初遇上战乱，退隐到这里。村头1000多岁的老樟树见证着村子的历史。清晨，我们在村子里面散步，去姚氏祠堂用餐。我第一次真真切切地发现：竹子真美！从小就读过很多咏竹的诗句，也经常看到画竹的水墨画，但我从来没有啥感觉；而在南垣，走到竹林里，靠着竹子一节节的躯干，触摸精巧而有韧性的竹叶，美不胜收。村子里的环境没有因为人的居住而变得美丽。不过，随处可见的鸡鸭很自在，长得很壮实，随便乱跑的狗儿们也长相喜人，毛色滋润。让人最震撼的是村子里面的千年樟树，有一棵樟树有一个巨大的树洞，里面可以容纳几十人站立。

我问慧峰："村子有着如此古老的历史，那你觉得历史都留下了什么？"

慧峰："什么也没有留下。"

我和慧峰都为着这样的判断而愕然。慧峰补充道："也许就留下了这片土地，也许就是繁衍了后代。"

吕途："我觉得村子周围的环境和风景很美。你觉得呢？"

慧峰："我也这么觉得。"

吕途："你觉得村子里面美吗？"

慧峰："不美。"

吕途："我也这么觉得。"

村里，我们可以看到一些残垣断壁的老房子，虽然破败，但是，那种红砖青瓦和古色古香的造型让人看到凄凉的美；还有一些新楼房，正面贴着瓷砖，其他三面水泥裸露；很多零乱的杂物堆砌在周围。这是一个有人生活着，却不用心经营的地方。根据慧峰的介绍，这里的农户虽然不算富裕，但是也不缺钱；每家10多亩田，一年可以有2万多元的收入，耕作都是机械化，省时省力；妇女在附近的工厂上班，一年有2万多元的收入，村里几乎没有留守儿童；周边工业园距离村子有40公里，有陶器厂、服装厂、鞋厂等，都是从沿海搬迁过来的；工人上下班有班车接送，1个小时的车程，农忙的时候工厂给工人放假；男性打零工一年也有2万多元收入，菜米都不用买，又有现金收入。

我住在慧峰家对面的农户家里，发现农户家有自来水，厕所大多数时候可以冲水。原来，这里每家都挖了一口井，用水泵把水抽上来；每家盖房子的时候也挖有排污池，废水和下水经过三级处理后排入排污池，然后流入村子里的池塘。所有这些都是各家各户的独立行为，村子里没有统一规划。村集体在各地都处于很尴尬的位置，这样的情况估计是乡村衰败的重要原因之一吧。慧峰说："这里不缺粮食，不缺钱，缺少的是精神层面的东西。"

慧峰告诉我，他已经弄了一块地，要建个山庄，等我们下次来就可以住自己的山庄了。我问："在农村，搞休闲旅游，搞生态农业，为城市人服务，是不是城市中心主义呢？"

慧峰回答："我不认为有机农业和休闲农业就是简单的城市中心主义，因为，这些也同样是为了农村，是互利互惠的。城乡互动起来，城里人来我们这里观看我们插秧、除草、收割，慢慢地，农民的自尊心也上来了。"

11月25日，南垣丰收节大地民谣演出在下午3点开始。前一天，已经有一些远道而来参加活动的人们赶到了村子，演出当天，更多的人来到了这个小村子。从外面报名来参加活动的有60多人，他们分别来自江西的宜丰、南昌和湖南的一些地方。宜丰离这里40多公里，从那里过来的几十人大都是第一次来这里，一是借着参加这次活动，顺便来农村玩玩；二是看看生态米生产基地。从更远处前来的大都是吃南垣稻米的老客户，借着这次活动的机会看看自己吃的米是怎么来的。演出开始了，来自村里和村外的人们聚集起来，有200多人。这是2017年我们大地民谣的第21场演出，也是最后一场演出。

演出前，我和慧峰又聊了几句："我平时接触更多的是从农村来到城市的打工者，普遍的状态是，在城市虽然难以立足，但是又不想返乡，也很难返乡。你为啥可以坚持下来？"

慧峰："我想做的事情，别人不做我也会做。有人愿意和我一起做也行。我2012年生产出来的生态稻米比村子里面其他人的价格高出3倍，村里人受到影响，纷纷来找我咨询，我们才成立了合作社，我一个人做更轻松，成立合作社以后我的压力反而大一些。"

吕途："有没有遇到过难以应对的困难？"

慧峰："好像没有。因为我不强求，做事都是顺其自然。能影响一个人是一个人，能改变一亩地就改变一亩地。"

问题的根本不在于待在城市还是回到农村，而是我们到底想要什么样的生活？我们到底想要什么样的社会？我们自己到底想做什么样的人？

我知道背井离乡外出打工是出于无奈，但是，这个"无奈"到底是出于什么原因呢？是因为吃不饱穿不暖？是因为必须在老家盖房子和买房子？是为了孩子读书？是因为家乡没有地种？是因为农业收入太低？

我觉得，答案都不在这些具体问题的解决本身，因为这些问题即使表面上解决了，根本问题还存在，甚至解决的只是假问题。最根本的是，我们希望有越来越多有主体性的人出现，知道自己想要什么，具备坚定的信念，坚持做正确的事情。根本的出路也不在于是在城市打拼还是返乡建设，而是无论在哪里都争取尽应尽的义务、得应得的权利、做应该做的事情。而寻找这些"应该"并不是简单和容易的事情，需要历尽磨难。希望我们不白受苦、不白遭罪。一个正确的思想很重要，一个可行的路径同样重要，不过，有目标才谈及路径，而且我相信，在正确思想指导之下，一定可以有道路可循，事实也证明了这点。只是，很多时候，确立思想可能要经受几十年的人生磨炼，人生既要珍惜每分每秒，也一定要慢慢过。

音乐让我们相遇

每一次"大地民谣"的过程，都是一次跨越古往今来、探寻前世今生的旅程，都是一次外向学习、内向审省的游学。在这个过程中，我思绪万千，再一次思考什么是文化。文化是在日常的生产和生活中产生和创造并沉淀下来的内容，失去了某种生产和生活方式，伴随其中的文化必然消失，再保护也枉然。举一个简单的例子，彝族村民庆祝丰收和欢度节日的篝火晚会和集体舞蹈，如果失去了农耕生产，这样的生活方式必然消失，即使勉强保存，也只能是装模作样地保存在单纯为了娱乐的舞台上。

再一次思考什么是音乐。一首歌曲的生命组成，包括歌词、旋律、节奏、配乐、演唱者和听众。不同的人唱不同的歌，就如同物以类聚、人以群分。每首歌曲都有其自身独特的生命频率，只有那些可以与之共振的人才愿意听。有歌词的歌曲是一种思想的表达、情感的表达、意愿的表达、诉求心声的表达。没有歌词的音乐，需要用心聆听，就如同聆听风声、雨声和生活的律动和音符。

参加了2017年和2018年大地民谣巡演的乐队成员有许多、孙恒、姜国良和路亮。许多，70后，浙江海宁人。高中毕业后，做过建筑工、模具工、协管，在 midi 学校学习音乐两年，后来在北京地下通道卖唱的时候遇到孙恒。孙恒也是70后，河南开封人。曾做过音乐教师，之后靠卖唱在全国各地进行了一次"民谣之旅"，接触了各行各业的劳动者，后来在北京遇到许多和王德志（打工春晚总导演）等志同道合的朋友。姜国良，70后，辽宁抚顺人。初三的时候加入县剧团，到处走穴演出。后来做过电缆编织工、建筑工，卖过 IP 卡，其间也参加过朋友的乐队，去全国各地走穴演出，2003年加入新工人乐团。路亮，80后，山东泰安人。技校毕业后在国营煤矿工作12年，在井下1000米的地层作业面挖煤10年。2016年加入新工人乐团。

11月20日，2017年大地民谣巡演接近尾声，我们在湖南长沙开了一个总结会，大家纷纷发言。

国良："我们看到很多（乡村建设的）典型，我的思考是：这些典型在多大程度上适用于中国更广大的农村？还有一个思考是：北京工友之家和新工人艺术团接下来的方向是什么？"

许多："我们参观的很多乡建案例都在做有机农业和休闲农庄，这样的模式还是城市中心主义的乡村发展模式。生产合作社和消费合作社的模式也许更有复制性，需要我们更多地去学习。"

孙恒："我们今天所做的事情不是当初我们能够设想到的。我们机构走过了15年，我们没有忘记初心，而我们今后的路怎么走？我没有答案，我们这次大地民谣是再次出发，不出发就只有死路一条。我们在皮村工作了10多年，我们现在要走出皮村，甚至要走出北京，我们要从新工人走向新工农，寻找新道路。新道路的探索需要思想启蒙，文化先行。我是一名歌者，歌能养心，歌由心生，我愿意用音乐滋养和唤醒心灵。今天，我们的世界面临前所未有的危机，团结互助永远都不过时。"

路亮："作为一名普通打工者，无论如何也没有机会做这样的游历，有这样的学习机会，这次巡演对我而言就是一种学习和历练。《一路有你》仍是我最喜欢的，这首歌一直在给我力量，让我认识自己、懂得感恩。这首歌的创作背景是描述加入北京工友之家和新工人艺术团的感受。国营煤矿日渐凋敝，年轻人一个一个离开了，因为每个人都要为了家庭和生活寻找出路。在那最艰难的时候，一次偶然的机会我认识了孙恒大哥，认识了新工人艺术团。在接下来的接触中我发现，原来我们都是一样的，是一类人，有追求、有想法、有力量，渴望平等和团结，这些都是我想要的，我选择走进这个温暖的大家庭，开始了我的第二次工作生活。于是我把我的感受写成这首歌《一路有你》，我不孤单不寂寞，有大家的陪伴。"

我在通渭马营铸印

何效义

自2014年入选陕西省委宣传部"百青"人才扶持计划以来，我每年都会以项目的形式完成创作任务。2018年我完成的项目，是将自己的创作深入田野，在甘肃省通渭县马营镇油坊村张海荣铸艺坊创作铁印。

关于马营铸铧，1990年出版的《通渭县志》中有记载："清光绪二十年（1894）左右，有一王姓的兰州人，在马营开办翻砂厂，雇工10多人，用风箱和土化铁炉生产犁铧、铁锅及火盆等产品。民国初年，已发展成马营街上炉院、下炉院两个铸造场，共有工人20多名。年产柳叶尖、二格、三格、白尖子、麻铧、陇西大铧6000叶以上，除满足本县需要外，还销往定西、会宁、陇西、武山、秦安等县。1949年，上炉院、下炉院生产犁铧8000叶左右。1955年组成马营铁器生产合作社。"

张海荣的铸艺坊承接自上述历史遗产，他除了会倒铧外，还会铸钟、磬、臼、铃、火盆等多种器具，尤以铸钟、磬、铃最为有名。铧已没有市场需求，所以现在主要以倒铸钟、磬、铃为主。

"铸印"是一个以"刻写"为指引和观念母题的创作实践，通过探讨刻写与铸艺有关的非物质、历史以及地方性知识等问题，以"在地"方式开展创作、讨论、影像纪录、田野考察、学术论坛等。驻地张海荣铸艺坊陆续有半年多，真正的铁印创作十天左右，其余时间都在调查马营一带的地方知识。在整个项目中，用民间技艺铸造创作篆刻作品，同时和民间艺人、人类学家、艺术家、策评人、当地学者开展了多场对话与讨论。探讨的主题，是篆刻艺术和民间技艺在当下的互动，成为打破篆刻边界的可能：艺术创作者和民间艺人一同参与、一起感受不同领域，激发了热情；同时，这也是朝向未来的一种历史性实践。

2018年7月20日，我去送刻一批陶印到马营镇瓦房村李家咀头李子林先生窑场代烧，顺路和西堡村委会主任王铭一起去马营油房村铸铁铧的张海荣场坊，了解张海荣铸铧的一些情况，看能否铸印。见到张海荣后我说明了做铁印的想法，当时他看了我的印花后就直接告诉我：印无法倒（铸）出来。因为他们铸铁的模子是地模也叫干模，是用黄沙为料塑成，非常粗糙，很细的线无法铸出来，印面无法平整，不能保证成功，但可以一试。7月21日，我从通渭回到西安，一种执拗的力量驱动我思索铸印这事。我起早贪黑画印稿，想到还能自己刻模，越想越来冲劲。

从每天起床到现场刻模再到晚上休息的日常，文字为我记录了图像不能表达的一些暗物质。在现场刻模不断发生问题、解决问题的过程中，我也不断思索天意的命题。材料的不同很难顺手，必须屏住气一刀一刀犁沙，好在材料的不同使我很快摆脱了篆刻本身的体制陷阱，似乎有种力量时不时地要撕破自己一样。在这陌生的领域所迸发的敏锐，是一种清凉的愉悦，我感受到一种鲜活的地方性知识，重要的是，我有了对当地历史、文化的反向认识，从而也改变了自己对篆刻的态度和判断。当一切原本以为顺利结束时，又有相反的力量冒出来，使已完成构想的作品变得毫无意义。然后推倒重来。

回到西安后，我针对印章的非实用性篆刻进行了反思。不同于平常书斋的学问，这种在场介入好似田野考古式找寻：一方面要不断进入不适症状的思考，一方面要反复探索新的材料和媒介，探讨和丢弃在新知识中表达失误的可能性。只有把平常的篆刻经验与看似毫无关联的地方知识结合起来，才能真正感知铸与刻的精神力量。做到以"铸印"为母题，呈现篆刻本体与地方性知识完美结合，让篆刻外与篆刻内既互补、互斥又互生，让它们叠加并复合，在无意识下打开一条通往无界的通路。这样的方式可能与连接远古铸刻的非物质世界更近，这种非物质世界与精神世界相通。将铸铁手艺植入篆刻，暂时先这样定义它的生成，或许并不迂腐。

这是两头都不搭的创作，好在两头都不是，好在现场总让人有点措手不及的慌乱和不可控制。铁水流淌进地模时，一切非预期、设计，我自己并不知道它会长成什么样子。这正适合我，犹如某种特殊世界在召唤。

以下是铸印的日常：

2018年8月8日，第一天。西安晴，气温39摄氏度，城里正中午直逼41摄氏度。

12点钟的高铁，14点半到通渭，没有下车，再补票到定西。15点，定西市机关事务管理局的老同学允克俭开车，一起去马营张海荣的铸铧坊。

厚厚的一层阳光照在马陇公路上，深蓝色的天上挂着上古的云朵。有些事情如果不是机缘巧合，我可能一辈子想不起来去做它，铸铁印。若不是马营有铸铧人张海荣，若非阎海军《陇中手艺》写到，我根本不知道他们现在还在做。我也没有想到，在张海荣讲了关于"地模"的原古与不可复制性后，我竟然被打动，并立马开始行动。

16点到马营，中午没有吃饭，先到马营镇政府西隔壁的一家饭馆吃"韭花搅团"，饭馆老板叫王忠。20世纪80年代国道线径直从马营老街道过，省上、市上领导来马营检查工作，王忠的饭馆于是就兼具接待领导用餐的任务。现在也一样，不太大的领导依然会在这里被接待。苍蝇一团团地在里面飞着。脏和苍蝇是这家饭馆的包浆，饿了什么也顾不上了，吃得也香。

我虽生在马营镇的白庄，可关于这里的历史沿革却一点都不知道。根据《马营监志》记载，元大德年间，肃王府在今甘肃境内设有三个苑马寺，马营即当时的东苑马寺。明永乐七年（1409）改为安定监，隶属静宁州。清康熙十四年（1675），又改为马营监，马营即由此得名。

　　17:15和海荣简单沟通后，开始做内模。天黑下来时已经做了八个内模，这时候我还不知道我要做的完整铁印模子是什么样子。

　　20:20住进马营盛川酒店。穿制服的女人非常嚣张地在前台晃来晃去，让我们办会员卡，说，退房时间可以到两点，不然12点前必须退，说话口气有点八九十年代火车站路管的味道。我说，不办了。她脸马上阴了下来，给前台说："记住12点前必须退房。"话音没落就摆着屁股走了。

　　8月9日，第二天。马营镇晴，气温23摄氏度，西安41摄氏度。

　　早上8点吃早餐，9点直接去海荣铸艺坊。海荣已经开始干活了，天气好，昨天下午做的内模已经干了，下午可以做外模了。

　　12:40马营西堡的王铭打电话叫去他家里吃午饭。饭后喝了一罐茶就去海荣作坊，海荣和他的伙伴老王正在安装七层香炉。我就在周围乱拍了一些视频和照片，七层香炉装成斜的了，看着有点不稳，海荣媳妇说"担惊得很"，让海荣取下两层，怕风吹一下倒了。

16:45开始把昨天下午和今天上午的内模合上外模，一直干到太阳下山。我开车去通渭。

8月10日，第三天。通渭阴有小雨，气温21摄氏度。打开窗，有一股雨腥味。早餐后，在宾馆整理这几天的资料和要对话的内容。

9:15电话里问海荣天气情况，他说马营早上六点钟下雨，现在停下来了，模子都盖好了不会淋雨，今天如果不出太阳，湿模就干不了，内外模不能做。我只好待在酒店休息，傻呆到了下午，待到自己不自在了起来，突然想起2016年我和陈量兄、耿博兄、刘彭兄田野考察时去过尖岗山，当时被"漱子楼"里的壁画所震撼，是足足的元人气、真仙气。于是打电话叫允克俭开车和冯玉山一起去尖岗山。

17:20到尖岗山，在白马大王神正殿碰上盘香的庙官。我拍了一组照片，庙官看见了用手示意不能拍照，脸上神情肃穆。

尖岗山在县西六十里，海拔2100米，是附近最高的山，暑天偶有凝霜。当地有俗语"尖岗山戴上帽子刮着天"。传说"药王"孙思邈悬壶济世于尖岗山，仙逝后葬于此，但这只是传说，无有考证。

乾隆年间《通渭县志》载："白马庙，一在玉狼山，一在尖岗山。"山上庙宇殿中奉供的除了药王、大佛寺里的佛像，还有千手观音菩萨、四大护法天王。

传说尖岗山有"白马灵漱"，在漱子楼里。查尖岗山相关史料，湫子楼有清泉，每逢亢旱之年，当地信上群众便会组织大规模祭祀活动求神祈雨，这就是传说中白马大王显灵赐雨的"神泉"，故而称作"白马灵湫"。

8月11日，第四天。通渭上午阴，下午雷阵雨。

7:30起床，打电话给海荣，问马营天气。海荣说："昨晚下了半个小时的雨后转晴了，后半夜天上亮亮的，今天应该不会再有雨。不过今年天气有点不好说，说下就下了，有时候天上亮着太阳还下雨呢！今天无论如何也要把外模合好。明天一天我们必须刻完，后天才能倒。"海荣说话非常肯定，有种将军的斩钉感，让人觉得一句是一句。我说早上合模用不上我，下午我再来。通渭到马营大约40分钟车程。

14:56到铸艺坊，海荣正在合模，他指着前两天做的模说，天黑之前干透了的模，可以刻几个了。

18:20海荣开始割外模。他用砂轮片磨内模，要磨出空腔，印面需要多厚就磨多厚，然后让我在内模上刻印。刻之前要在磨好的内模上刷一层小灰水，再在小灰水上洒上铅粉，这样刻的时候印面比较顺当，不会成片掉沙了。

20:30刻了四方印。这次我已和海荣有很多对话，他给我的感觉像一口古钟，敲击的声音不可言说。人的命里面真正可贵的东西，是在点点滴滴的小事当中做出来的，张海荣用生命在践行着他的铸造精神。这几天都会跟张海荣扯一点话聊，基本上都是我扯话题聊，跟他聊看天象判断当天是否下雨及天气变化，很有意思。

"我每一天都要看云从哪个山头过来，就知道雨能不能下下来；哪个山头过来的云不会下雨，哪个方向来的云肯定下雨。"海荣干的铸造活得靠天吃饭，模子铸起来的时候，必须有太阳，没有太阳的话，这个模子干不了。模子要太阳晒干，又不能遮起来，通渭伏天里天气变化不定，有时候白天大太阳晚上大暴雨。就怕半夜下雨。他耳朵非常好用，大夜里听见第一滴雨滴到房檐上的声音，就能立马坐起来跑出去用塑料布盖模子。日子久了功夫就练出来了，听到第一滴雨下下来以后，他基本能判断这个雨能不能下大。我问他："这个场子里面的房瓦是石棉瓦，可能是雨滴打在上面的声音比较大，你能听见"当"一声。可如果是像以前的老房子、土房子，第一滴雨你能听见吗？"他说："不要说那个第一滴雨我能听见，就是房子上面站了鸟，我都能知道具体站了几只。"晚上我在微信上说了句：这些人是在"半神"状态的，他们的心里面一定是住了一个神。其实我们每个人原本都是有神灵驻在的，只是在岁月里很多虚妄的东西把这个"灵"包住了，有的人或许包得薄一层，有的就层层包，最后就剩下一层贪欲了。一切由心造，在那一刻我明白了一点。那也只是知识，什么时候明白"一切由心造"的发心智慧，就看自个的日常功夫积攒了。只有心到那个点上，其他的一切声音都可以遮蔽，就是唯独这一个声音它是清晰的，这个东西对我的触动，包括那天点炉子以后，你就觉得那个场地上仿佛是有神明护持，仪式般肃穆紧张在那里展写。浇铸的时候，张海荣像武士一样，和他一起干活的还有十多个，都已五十岁往上了，有一位负责配铁料的老先生，七十多了但身体依然硬朗。张海荣给我的感觉和其他人不一样。很多民间艺人，你和他一交往，他就问你："我能怎么变成钱？"但是他不一样，他非常聪明，我把这个东西一说，他立马就知道我的意思。灵性得很。

8月12日，第五天，通渭阴。

6:20起床后，呆坐了半个小时，说呆坐，却满脑子都在想铸印的事儿。

7:20到酒店餐厅门口，服务员让再等十分钟，早餐7:30开餐。

天气预报通渭有雨，马营镇有阵雨。通渭这地方天气很不匀，马营镇下雨通渭可能是红太阳；马营镇的营滩村下大雨，油房村是大太阳；昨天通渭中午下了雷阵雨，马营镇下午还冒着太阳。这一带地理相差不到20公里。

早上允克俭去寺子乡开会，我开了冯玉山的车去马营。在通渭的这几天起床都很早，每天在7:30左右，一起床就看天上是否有云，如果是太阳，心里便有说不出的高兴：我的"铸印"刻模可以赶前一些。

8点出发去马营，9点到铸艺坊，海荣夫妻俩已经开始干活了，见我叫了一声"何哥"。

天气越来越好，太阳已经开始晒了，昨天合好的部分外模开始干了。我问海荣今天晒一天能不能干透。他说："没问题，只要今天天气好，夜里不下雨，明天咱们就准备刻。"

崖边 · 吾乡吾民

11:10甘肃电视台"印象甘肃"纪录片导演张曦赶到。

昨天上午陈量兄电话告知我，张曦和他聊了马营铸铧和我铸印的事儿。

张曦和省台的楚老师一起来现场考察，我努力向两位介绍铸艺如何如何古老，努力让他们知道这个技艺真是牛，告诉他们我有多震撼、多感动，总之要把我的认知完整表达给他们。聊了半小时后我就开始刻了，不敢耽误时间了，如果明天刻不完，可能会影响后天的开炉倒印。他们叫倒印，我叫铸印，"倒"就是把铁水倒入空腔模子里，其实"铸""倒"意思一样。张曦听后对这个古老的铸铁技艺非常感兴趣，即刻打电话让拍摄组的人带设备坐高铁到通渭。

中午饭在海荣家里吃懒疙瘩（通渭小吃）。上午刻了14方，剩下14方。

下午快5点时，海荣母亲来作坊，是我让海荣叫她来的，晚上想和海荣还有他母亲做一个对话，聊聊与铸铁相关的故事。她母亲看了我刻的东西，显得有点对不上她的理解，不知道这玩意儿的用途，我没有过多的解释。海荣示意她别问了，意思这是"艺术"，跟咱家"倒"的东西不一样。跟着我也讲了一些我的意思，后来，她也基本上有点明白了。

拍摄组的人到了，他们立刻投入工作。

我刻得很熟练了，海荣母亲说我像个干过这个行当的人，刻得很像样子。干完活已经晚上8:50了，我让王铭联系了马营镇上一家吃锅子的店，一起吃马营的火锅。吃饭的时候张导和海荣聊了很多关于铸铁的话题，吃完聊完就22:30了，今晚的对话就没有做，直接休息了。

8月13日，第六天，马营阴。

天亮得早，6:30房子里已经亮亮的了。

根本不想从床上起来，早餐也不想吃了。这几天一直在知网上看铸铁相关的文献史料，想了解一些关于铁的历史。我不大相信正史、宫廷秘史，因为多有人为，唯有工技是正。

从现有的考古资料看，人类使用铁的历史至少有5000年，完全进入铁器时代大约在公元前1000年。最早的铁器是公元前3000年，人工冶铁的仅1件，陨铁铁器4件，未完成分析的铁器9件。公元前513年，晋国铸成了刻有刑书的大铁鼎，称为铸刑鼎，这是关于我国铸铁技术最早的铸件铭文记载。

用铁做农具，价廉，质地坚硬、耐磨，容易铸造成型，铁质农具从战国中后期开始大量使用，在农耕设备中占据了主要地位。河南洛阳一带出土的农具中，铁质农具占到60%以上。西汉时期河南的冶铁业已经非常发达，从巩县的铁生沟、南阳北关瓦房店、古荥镇的冶铁遗址看，当时的炼铁水平颇高。据考古专家论证，当时一座高炉日产生铁500—1000千克，这在2000多年前是了不得的成就。

铸印的工艺和倒铧的工艺流程是一样的，分为以下几个环节：写印稿—备料—打印模—刻印模—合印模—倒印—打磨。"打印模"这一工序就分为打印模、合模；倒（铸）印是整个铸造过程的核心，具体有栽埋印模、坐炉、点火、进料、开沙窖、取火倒火、打刨兆口、出印、捡印等工序。

8月14日，第七天，马营晴，下午2点开始下雷阵雨，约有半小时。

今天起得格外早，通渭明天开书画艺术节，大大小小的宾馆全部被占满，我所住的宾馆通知今早8点左右必须退房。

9点到海荣作坊，场子里多了很多人，海荣、那个年轻的老王、海荣母亲等都忙着往模周围喂土。拍摄组的朋友正在现场进行拍摄。

快中午时，后面的山上云很重，海荣说："后面的山上起重云，一定下雨。"我能从海荣和老王、海荣母亲的眼神里、身体姿势里看到一种莫名的气氛，这种气氛带来整个周围环境的不安，其实他们已经知道雨离这个地方越来越近了！突然老王喊了一声："赶紧盖，雨已经来了！"话刚落雨就倒下来了！好在人多，很快就把模子盖住了，雨已经扯住线地下了。老天爷好像读懂了下面这些人的心事一样，下了10分钟不到云就迅速散开了，太阳露出来了。海荣让大家先吃饭，海荣媳妇的母亲还有路边商店的一个年轻女人做的臊子面。人多嘴也一样多，一人一嘴，十四五人基本上都在两碗面，三十多碗面吃的时候不断线，她们很有经验。

上午张曦鼓动商店的女人和海荣母亲唱马营小曲《对花草》。

"正月里开的什么花，正月里开的灯笼花……"

民间小曲的借景生词非常生动，青春少女得了相思病媒婆去打探叫"探病"或"问病"。唱词更是花哨。

15:40又开始下雨了。我问海荣明天能否浇铸开炉，他非常肯定地回答，只要明天不下雨，肯定开；如果明天上午下雨了，就不能点火开炉了。

16:50雨停了，我带着拍摄组的朋友、张曦导演、省台楚老师去通渭吃农家乐，吃完后准备去录制通渭小曲。

在曲艺社路边上就听到了小曲的声音。他们正在排练节目，准备艺术节演出。说心里话通渭小曲已经被非遗传承整变味儿了。曲艺社的朋友我都认识，他们都很好，对我很有耐心，每次都会让我唱、练一遍《小赐福》。今晚我唱《小赐福》，算是我这次驻地的一个夜里娱乐活动。

22:10拍摄组去马营了，我回玉林酒店住。睡不着，睁眼到零点，想起海荣这几天一直给我讲的关于"听雨"的能力："不要说那个第一滴雨我能听见，就是房子上面站了鸟，我都能知道具体站了几只。"人在这个时候只有一物挂碍，其他一切无关。

8月15日，第八天。天阴。

7:30起床，看外面空气好湿，有飘雨的样子，天好像一直憋着。

9:20到场地时，满是戴草帽的人。我每天到这儿，最希望见到的人是海荣，今天我眼睛没找见，心儿似乎听到他在正位上布阵。很快就走进围着炉子的那伙人中了。海荣带着一个帽子，绿色旧武警服上衣，下穿牛仔裤，土鞋脚面带块防火布，手里拿着一根长钢钎。他母亲也在一旁，每次开炉她都会在，特殊情况下也好有个照应。海荣的气场真的是遮住了太阳一样，他像我理解的魏晋南北朝时期的将军印，威猛霸气。似乎因为他，大家也忘记了开炉后铁水流淌出来时，在浇铸过程中可能出现飞溅伤人的恐惧。他们每次都会不同程度被铁水溅伤，但已习以为常了。

10:50铁水已经可以开始浇铸了，听见他们的号子声，看见海荣那诡异的手势。我是第一次见到铁水流淌的那个光，光已经遮住了周围流量的恐惧和贪婪。我的铸印是被第一批流出来的铁水浇铸的，他们称刚淌出来的是灰口铸铁。

往炉里投铁架煤的是70多岁的老人，他一直在笑，身体硬朗，他完全在凭着自己的经验加铁料和焦炭，有时候他会加一些石头。

海荣母亲叫他爷爷。

12:50浇铸完了三口大钟和一半风铃，再有两小时不到就可以干完，我问旁边县文化馆的张林青老师："他们今天顾不上吃中午饭？"

"早上就说了今天早上有饭吃，中午没饭，让早上吃饱。"

浇包里不知道谁烤了几个土豆，很脆，我没让人自己吃了，人多也没法让。

15点半整个都浇铸完了。浇完后他们立刻卸下炉，一旁的张林青解释说："只要一干完马上卸炉。"

我问他们为什么。

回答说，是老先人传卜来的。

16:20开饭，先吃的是臊子面，面是提前下了煮好拌成凉面的，只是往里面加臊子，这样的做法人多了也能来得及。有四个菜，干活的人要有酒，还煮了鸡肉。

17:40开始挖印和风铃，三口大钟要到明天才能挖，现在温度还很高，挖早了钟会变形，钟音也会发生变化。挖出来的第一方印是我的名字，挖之前也不知道，算是巧合。印面四周流淌的铁水在内外模的空隙里淌成了薄片，印章似一件雕塑一样，可以不理解为篆刻，它延成了另外一个东西，这个东西可以不命名。震撼我的地方就是看不清印的样子却有了我要的东西，因为这个时候我已什么都不想要了。整模有一个保留下来了，再留了3方原始未动的印，带走3方，余下23方让海荣打磨，印面嘱咐不动。

8月16日，第九天。通渭晴。

8点起床后，烧了壶热水，在热水器里煮下关桔普茶，越煮越香。

躺在床上，又睡着了。

刚刚立秋没几天，已经有了许多安静，这种静只有深秋有，今年似乎早到了几日。今天的温度只有23度。又来了雨，不过没有下大，飘了几点就收住了。我太累了，稍一靠床就睡着了，一醒总会想起一些人，一些事。想起去年冬，萌生要做铁印的念头，苦于一直找不到地方，也不知道该怎么做才能有我要的那种铁被挤出来的那个样子；直到7月28日去马营看捏活儿老艺人李子林先生，顺便去看了一下海荣的作坊，和他交流后直接决定立刻启动铸印一事；回西安写了三天印稿，肩周炎颈椎病犯了，在来通渭的头一天晚上，去一家按摩店按摩，稍有缓解，不然不能干活。当时心里一直回放着铁印盖出来的印花的模样，预测着是否可以成功，现在反倒觉得即使失败了也没那么重要了。真正热爱一件事，就是这样，不怕失败，失败多少次都可以重新再来试试看，做了又做，慢慢地，终有一天会看见成果。

17:07准备坐高铁回西安。竟然在候车室里睡着了，猛然惊醒后发现车已开走，赶紧改签下一趟列车，可是票已经没有了，无法改签，于是在网上买了一张通渭到天水的车票，上车后再补票到西安。19:40发车，到西安已经22点半了。西安还没有秋天的想法，气温39度，热得晕乎乎的。小儿子玟昊一见我就缠住不放了，大儿子昊阳见我有点生。

8月17日，第十天。西安晴，气温38度。

9点半起床，回到工作室开始打磨带回来的三方铁印，盖了印花。印花呈现出一种汉印气。用力刷，铁印上似灰炭一样的砂粒一层一层滚落，一点一点积累起来的白色铁面晃晃荡荡，没有一点全让我看见它的客气，但我觉得它是有意要给我皮壳包浆看。在马营做铁印的这几天，精神绷得太紧了，好在身体没有耍麻烦，没有感冒和各种不舒服，睡眠质量不好，精力却大得很，大概这就是一种内气，内气足了什么毛病也不会有。

回到西安后依然休息不好，睡着了，但睡得不香，每天晚上12点半睡，早上9点半起来，昨天下午高非来聊了一小段。满脑子都是在马营铸印的片段，真的非常非常感动自己。昨天今天人晕乎乎的，跟缺氧了一样，有些严重的乏！

回到西安后的第五天早上7点，海荣来电话问我印章放在外面让锈着还是放回屋里。

我回答："放在外面让锈着。"

附录

为了真的艺术，到民间去

阎海军　何效义

2019年3月17日，围绕"铸印"驻地艺术创作的日常，《崖边》主编阎海军对何效义进行了采访。以下为采访实录。这种以对话的方式呈现出来的文字非常口语化，但很真实，渗透着各自一些平常不太表达的隐秘观点。为了保留对话的真实性，文字尽量不做调整，尽可能回到对话的原初。

阎海军（以下简称阎）：在现场和在你工作室创作有什么不同感受？

何效义（以下简称何）：去年8月8日去海荣那里做这批印，其实印仅仅是一个图像或媒介，更多的是以篆刻为媒介去认识民间艺术的非物质部分。以这样一个主题来处理体验陌生的领域，首先是没有任何先期的套路，一切感悟只能在过程中产生，所获得的观点进而又改变了篆刻在书斋中雕虫小技的场域。物质的神秘化成就了篆印，这一切，似乎在废墟中铸起自己的思想之城。在这样的场域，个人会变得越来越小甚至不存在一样，也会让自己变得非常真实，不可思议。但一离开这个地方，这种烧荒的感觉就没有了。说是由心而生的也好，说那就是人的本质性也好，这种感受微妙不可言传，只能自己感知。在那个地方干活和在我的工作室是完全不同的两种工作。工作室里就是很刻意的个人而为，很多作品都很虚脱，因为在这里我能够驾驭自己已有的技艺，需要的只是技术的呈现；在那个地方是没有的，完全摸不到的一种刻法去刻模。在大太阳下面刻模，沙与手很过心，注进去，不知道是什么力量，但是又刻得得心应手。

阎：你和海荣有这方面的交流吗？

何：我跟张海荣每天都会聊天，基本上都是我扯话题聊。从天象判断是否当天下雨及天气变化，很有意思。海荣耳朵很灵，能听见第一滴雨滴到房檐上的声音，马上起来用塑料布盖模子。而且第一滴雨下下来以后，他基本就能知道这个雨能不能下大，就有这个基本判断。

阎：很灵性。

何：我想起刻模子的最后一天，拍纪录片的摄制组拍摄完以后，我们马上去吃饭，吃完饭我们已经回去休息了，可半夜就下雨了。那个雨来得很快，张海荣听见以后，雨已经整个倒下来了，那个横子呢，有十几方就没有声音，全部被雨给浇了。原计划第二天就要封模了，海荣问："怎么办？要么修一下，收拾一下，看怎么弄？"由于时间关系，再加上海荣一场子人等着浇铸，我说来不及了干脆就这样铸，不需要修。他说："这个浇不出来完整的印。"我说："或许浇铸出来的这十几方印最高级。"

阎：天时地利。

何：对，印仅仅是一个图像，而非印的本质。我拿语言说不清楚，包括现在，做完以后，铁印拿回工作室拓出印花的时候，还真是很有一种暮气，文字漫漶，还能识别，很高级的，就像从墓里面挖出来的感觉，很古的。

阎：就是雨水下过的？

何：对，雨水下过的那个东西，看印面的时候，朦朦胧胧，我自己能够识别，因为是我亲手刻出来的，我能知道它是什么东西。

阎：内容是什么？

何：有一方是临先秦烙马玺印"日庚都萃车马"，"日庚都"三字被雨淋烂了，印花打出来以后，"萃车马"三字可识，"日庚都"漫漶，像历史锈。后来的感觉，就是已经不在于作品的好坏。生产的过程非常重要，它具有一种庄严的仪式感。做这个事情的人，像一个虔诚的修行者。所以那时我觉得重点已经不在印章上了，重要的是带有修行式的这样一个过程。

阎：最令你感觉不一样的，是不是两种创作场景的不同？

就是你坐到工作室里面，可能楼顶把天遮住了，窗户进来一点光；但是当你在马营的一个土场子上面，人完全是在天地之间，那种感觉才不一样。

何：在这个工作室，一方印接着一方印地刻，这个时候你不是你，多多少少是带着你手上的一种技术，来自书本上的，来自周围的，等等，各种复杂的因素注在里面了，心不是多么崇敬。但是到那个地方之后，不仅仅是篆刻，你所有的知识，在那个地方都是失效的。人到绝路上以后，可以有各种生成，这是最重要的，所有篆刻上的这些元素、技术，在这个地方完全失效，都没有用。拿起刀在这个黄沙模子上刻的时候，你是无从下手的，人到那个状态下完全是由心而走，其他念想都没有了，只能在这个地方另找一条路走出来，那时候人最真。在田野里面你会更自在一点。

阎：像张海荣，他所有的生产，那种劳作，其实都是跟生活相关。

何：对。

阎：怎么样，你前面说的，你跟他聊，可能他想的就是怎么能变成钱。

何：是。

阎："变成钱"感觉这个好像很俗，但实质上从深层次上讲，它关联了一个人的生存，就是人在天地之间，他首先考虑的是怎么生存。所谓的艺术家，在他的工作室或者别的创作场所，他可能跟生存是有剥离的，或者是在有支撑的一种状态下创作。你在马营做这个事的时候，是不是张海荣身上或者他那种现场的东西，还有那个环境，给你带来的冲击更大一点？

何：对。

阎：你就会思考我们做艺术到底是为了什么，就像我们写作的，有一个老师就说："写作到底能干什么？写作能给所有人带去什么？"你那时候有没有这方面的思考？

何：有啊。那时候我突然意识到，我在工作室做的所有东西，缺少一种力量。张海荣在那个地方每天干的活，并不是艺术的，他实际上是一种手艺，一种市场，他就是日出而作，日落而息的那种，就是为了生存才去做。但是张海荣在做这些的时候，他日常的心里住了一个东西——"神"。所以经他手创作的东西是有神性的，他还没有被这种城市的技艺给完全地镇住，手上的手艺没被世俗给剥离掉。他给庙上做钟模的时候，我跟他有一些很细节的对话，他一直讲这个东西要"神"喜欢。这个东西他也说不清楚，但是他会凭心而造。

阎：可能乡村的这些手艺人，跟城里面那种流水线式的都不一样。

何：对，不一样。

阎：纯手工做的，而且如果他做的是跟宗教有关，他可能更虔诚一些。

何：对。

阎：之前做《陇中手艺》，我就感觉所有的那些手艺人，做的东西都是很负责的，有一种匠人精神在里面。首先，要做到牢固；其次，还要有个人特色。咱们这地方贫穷，人有一种恋物意识，就是上次陈量说的，对物质很敬畏很珍视，手艺人做的东西首先要结实耐用，这是第一个追求，他带着这样一种使命去完成。城里面流水线式的，就很平常了，不仅一模一样，甚至给你以次充好，或者偷工减料什么，总之怎么样能很快赚钱就行了。

何：是的。我跟他聊，他做的磬，在院子里面敲响的时候，他跟我讲"这个东西神不喜欢"，这个声音里面灰口铁有点多，他就敲掉回炉。

阎：就是他做出来，都要敲一下？

何：对，每一个都要敲，他要听这个声音。我那次跟他做印的时候，他同时做了很多风铃，前天我回通渭取印章，有很多风铃回炉了，扔到废铁里面了。我问："为什么要扔？"他说："配料的老汉喝醉了，把灰口铁弄里面了。"

阎：声音不好听？

何：不好听。

阎：他对声音的判断是啥样的？

何：他对声音的判断，他也说不上来。

阎：就是感觉。

何：对，就是感觉。"感觉"这个词我觉得太牛了，只有他的心知道，这没法儿用语言表述，最高级的东西往往是没有办法用语言去描述的。他给我讲过，南方人做的铜风铃，卖80块钱，他的铁风铃卖120块钱，还不含里面响的那个，全套下来要150多块钱。有些庙上为了好看挂了南方人做的铜风铃，最后还是要来换他的铁风铃。他做的风铃，夜里起风的时候，如果庙离村子近，一晚上吵得这个村的人都睡不着，就说明它的声音非常响亮，而且穿透力特别强。

阎：他自己心里有个神，看到这些东西了。

何：所以他在做这些东西的时候，是非常虔诚的。张海荣是个有抱负有追求的人，我对他很敬重，这个人在干活的时候，没有其他杂念，心无他物。电视台采访、做纪录片的时候他像没有这事一样，很淡定，村子里的人见到电视台来拍摄多少都有些激动，他却若有若无。

阎：那你觉得通过铸印这样一次在地创作，对你自身影响最大的或者说让你感触最深的是什么？

何：我最大的感触，就是通过这次在地创作以后，我更多地对篆刻产生一种专业之外的思考，打破篆刻这个内部的东西，去朝本体去想、去做：篆刻的本体在哪里？什么是篆刻？篆刻这个东西它有无限的可能性。自己对篆刻的理解也发生了根本性的变化：这个事情没有做之前，我还是在刻篆及方块内的事业这样一个层面上想；通过这么多天铸印，我对篆刻艺术的一些思考，发生了一些更加细腻的，甚至自己也说不上来的转变。艺术它到底在什么地方？印花所呈现出来的，已经不仅仅在石头印或者陶泥印这个层面了。什么上面都可以生发，甚至在一张纸上，我们都可以进行篆刻，完全不在一个刀的层面上受制于"篆"。我觉得这更是一个"大篆刻"的显现。

阎：比如石节子，咱们甘肃的西北师大美术系靳勒在老家弄的石节子美术馆。有一个农民就说，艺术很伟大，但是没有雨水重要。你在张海荣这个地方铸印，是不是也会有这种感受？很多艺术家做的，其实跟最底层的老百姓没有对接，没有产生任何关联。目前中国的篆刻界，你们做的这块都是什么样的面向？

何：我觉得这个面向它还是一个篆刻的圈子。

阎：就像纯文学一样，搞纯文学的人在一个圈子里自娱自乐？

何：对，这个东西很小，篆刻现在进入一个什么状态呢？它是一个小众，假文人小众的范围。其实篆刻艺术本身不小，只是被利用的人玩小了，被玩成一个迂腐的东西。我现在最直接的感受就是，现在大多篆刻家的作品像古玩商店里面卖的仿古唐装一样，虽然带着一个盘扣，但它并不是一个传统的东西，它像是一个假的被烟熏火燎过的物件，上面还有封建残留。篆刻从秦汉开始的时候就不是艺术品，它是真正来自生活的、实用的东西。

阎：秦汉它主要刻啥？

何：官印、私印都有。

阎：皇帝可能有一个。

何：对，官员这些都有。

阎：每个官员都有？

何：都有。

阎：普通老百姓有没有？

何：普通老百姓也有，有信印、私印啊，它实际上是跟政治、生产、劳动都有关联的一个东西，它是一个平常的日用品，是很实用的。

阎：那么什么时候篆刻开始成为艺术品？

何：据史料记载是从米芾开始，第一方篆刻印章产生以后，进入艺术领域。明清时期形成一个最高峰，跟秦汉印章形成印学史两大高峰：秦汉印是实用印章，明清流派印是篆刻艺术，同时兼顾有书画之实用。

阎：从此变成艺术家来做的、艺术鉴赏的一个艺术品。

何：对，明清印人把篆刻推上了一个艺术高峰。那么发展到现在，我们的篆刻家如何去思考？我们不能继续沿着这个先人的框框一成不变，那老先人会把你笑死。

阎：是不是可以这样理解，我们回到秦汉也不可能，但是继续这样光是小范围玩，是不是意义也不大？

何：文人小范围内的把玩品，没有任何担当，没有任何社会价值，只供小范围内自娱自乐。继续这样刻印，意义何在？！

阎：对，黄纪苏在评论《陇中手艺》的时候就讲过，王世襄和黄永玉他们把玩的东西很多，玩出了一种境界，但是和老百姓没有关系。所以《陇中手艺》表面看起来是写艺术，实质关注的是背后的那些人，像张海荣这样的人的生命价值，以及民间手艺和民间社会的关联、结构等问题。

何：对，这个是非常高级的，是有担当的。提到"担当"两个字，大家可能觉得这个东西太大，这种宏大叙事不可靠，实际上，艺术家是需要有社会担当的，没有担当是非常自私的个人行为。进驻张海荣铸艺坊之后，我就觉得它是大的。你能够触及的，是老百姓的生活跟艺术家的生活有效对接，这样一个接地气的深入和扎根，对艺术有更彻底的推动作用。我们反过来再去谈篆刻，篆刻将来的发展，不应该仅仅是方印之内的春秋，也绝对不应该是把玩式的。篆刻艺术已成为一种历史文献，作为现代人，我们可以去思考、研究、借鉴，但是不能完全抄袭和复制。现在谈到所谓的秦汉、明清印传承，很多人完全是抄袭复制，没有任何再创作。

阎：必须要与生活对接，接地气，然后再来产生一些联系。就跟写作一样，谁都会写，但是纯文学已经是脱离生活、脱离人民了，你跟这些人一对接，活生生的人就立起来了。

何：民间的这个东西，现在一些所谓的精英他们俯不下这个身子去接触、去研究、去学习。

阎：高高在上的那种感觉。

何：他们常说"艺术要深入生活"，其实未必能做到真正意义上的深入生活，那只是嘴上说说。我记得有位老师在一次朋友的新书发布会上说：最伟大的艺术就是民间艺术，民间艺术是诚实、道德的，就是那种赤裸裸的"我要什么，我就追求什么"。它是真实的，由心而生的，这种似道却非道的感觉，就是艺术的本源。艺术的本源从哪里找？我觉得就是要从民间找，诚恳地、谦逊地去找。可是一部分所谓精英到来以后，会摆着生硬的面孔。现在有一种奇怪的提法，叫作"改造和转化民间艺术"。改造是最靠不住的，人家这个东西不需要你改造；民间的艺术是自然生发的，以前没有保护的，现在是最本源的。

阎：没保护的，反倒保护得最好了。

何：因为没有被利用，所以保护得最好。民间艺术需要你保护吗？不需要保护，让它自由自在地在它本该生长的地方生长，比什么都重要。

阎：那你觉得当下篆刻这个圈子，或者这个艺术门类，应该朝一个怎么样的方向发展比较好？

何：这个太大了。

阎：非常大的话题。

何：对，这是一个大的，甚至是一个非常复杂的话题。因为从现在整个篆刻的发展看，好像目前的篆刻是最糟糕的一个时期。不仅仅是我个人这样认为，有很多老艺人，包括有抱负的这些人，都认为篆刻现在处在一个最差的时代。

阎：为什么差？

何：很多人说现在的篆刻超越了明清，我说根本谈不上。为什么？它的整个人文精神跟不上了，整个内涵下降了。现在的篆刻家，我敢说很大一部分都是为了物质利益，篆刻只是他们手中与社会接触的一个筹码，艺术并不是他的精神追求，这是最糟糕的。看起来是百花齐放，实际是一花独放，这是一个"展览体"横行的时代。篆刻事业你乍一看似乎很热闹、很写意，但是实际上真正的内涵没有了。

阎：你为啥从事这个领域？

何：一个就是咱们通渭这个地方文化氛围好，这个地方的人生下来就自带文化属性。原来我从事商业，可能会享受更多物质，但那个时候有一种空虚感。篆刻这个东西，会让你整个人的精神发生裂变，完全不一样。这个东西我觉得是生下来就自然带着的，说不出来，好像是你到了这个阶段就要干这个一样，你也不知道是什么力量推着你走向这个路，没有任何刻意。首先一点，我走向这个路，是没有带着物质欲望的。我那个时候基本上日子已经能过得去了，走向这条路，完全是没有准备，真的没有准备，这个东西就是喜欢，或为一种信仰。记得第一次参加陕西省首届书法篆刻临帖展，我临的是《汉开通褒斜道石刻》，获优秀奖，优秀奖那时候就是最高奖。这是一个最大的动力，从此就有了积极性，在这之前是没有任何走向这条路的设想和规划的，就这么走着走着走到今天。

阎：你现在做的是不是还是展览多？

何：我现在做的展览很少，不太参与。

阎：给艺术家做的多不多？

何：我现在做的这两方面都沾不上，为什么？第一，我刻写的这个东西，艺术家可能很难将其加到他们的作品里面去，跟他们的作品不一定搭调。展览呢，我从2012年之后就不参加了。因为2012年之前国家级的展览我已经有五六次了，也入了"兰亭奖"等，这些路我已经走过了。之前我也是走这个路子，但是越走越发现这条路子是机械的，是有目的的，让你感觉这不是艺术，一种说不清道不明的感觉，反正我觉得它不是什么正道。虽然这么说可能有点偏激，但我那个时候就非常地肯定，艺术的正道可能在另外一个地方。古人画论提到看艺术作品要"望气"。"气"是什么？它是中国东方文化的根脉，沿着这条路，反观我们的秦汉，这个"气"的根脉下面，是亮丽的、活着的传统。

震后十年：初三（4）班回访

陆春桥

　　我的家乡北川是一个很"有名"的地方，出来学习和工作后，大部分人听说我来自这个地方，都会投来惊讶的目光，随之而来的就是一些大家不知道该不该问的问题："你家人都还好吧？""你当时在干嘛？""你是怎么活下来的？"

　　虽然出来后，多多少少会遇到这种情况，也明白自己好像确实有一点不一样，但也没有认真去思考关于自己"身份认知"的问题，直到我决定做《初三四班》纪录片。

　　决定做《初三四班》是2015年刚刚大学毕业的时候，但后来被更多的人了解，是在《初三四班》入围2017年的"谷雨计划"后。当时有很多媒体记者找到我，想来采访我。但影片还没有拍摄完，最后会是什么样我都不知道；我不断地在探索过去发生的事情，而这些事情大多与生死有关，对我来说并不是一件轻松的事情。后来我也不知道要跟记者们说什么，就没有接受任何采访。

从那个时候开始，我在一边拍摄着《初三四班》，一边也开始去思考关于"身份"的问题——我们这群经历过大地震的年轻人是不是真的很特殊。别人越是把我们区别对待，我越是想把我们最真实的样子展现在影片当中，也是在这个过程当中，我更加确定《初三四班》想要表达的主题。说实话，我和我的同学们一样，都不是很喜欢这种被特殊看待的感觉，但是后来慢慢长大就发现，别人对我们的看法已经变得不那么重要了，因为我们北川这一代经历过地震的年轻人，永远都无法将那段过去抹去，我们也不想抹去了，只是在往后的生活中，这段经历在我们每个人心中存放的位置不同了。

我们是被选中的一代

我们这个班级的同学是地震中的幸运儿，也是震后北川青年的一个缩影，更是这一代经历地震后的年轻人中最普通的存在。我看到太多有关地震的报道，在大家的眼里，我们是特殊的，但在我的眼里，我们是普通的。十年后再提地震，不是重揭伤疤，而是想要告诉曾经关注我们的人，帮助过我们的人，或者是误会过我们的人，我们长大了。当我们都在慢慢往父母的年龄走，在变成一个大人的时候，我们才会真正理解2008年的很多东西。

地震后的第七年，我回到北川参加了我们初三（4）班的同学会。在新北川中学的教室里，每个同学都到讲台上去重新做了自我介绍，讲了自己这么多年的人生经历。在这次同学会之前，班上的同学们大部分都多年没有见面了，但是当我们聊起从前，聊起地震，就会突然把大家的距离拉得很近很近，我想这种感情会持续一生跟随我们。同学会那天我带着相机，给大家拍摄留念，我看着取景器里每位同学的脸庞，陌生又熟悉，每一个同学都在各自的人生轨道上写着自己的成长故事。同学会的那天晚上，大家一起聚餐，尘封多年的话匣子在这一刻被打开了。夜已经很深了，很多同学还迟迟不愿离去，拉着彼此回忆从前的扯皮故事，聊起震后这几年的不易经历。

从十五六岁到二十五六岁，这劫后重生的十年，是我们青春成长中最重要、也是最宝贵的十年。在这十年里，我们班同学都各自经历了什么？大家后来的爱情、事业受到怎样的影响？我们和身边同为90后的年轻人有什么不一样吗？通过地震我们懂得了什么，又因为地震改变了什么？这些都是我最开始想要了解和探索的内容。在《初三四班》最后的成片中，我得到了一些答案。

在拍摄《初三四班》以前，我没有认真去思考过"故乡"这个词，大学的时候因为学习图片摄影，看到一些摄影师去拍摄故乡，或者讨论"回不去的故乡"，我没有太大的感触。因为我生活在大学的集体中，还没有孤独的感觉，也没有真的在一个崭新的、陌生的城市独立生活，不会有太多机会去思考与故乡的距离。但是，拍摄《初三四班》，迫使我以现在的年龄去深入接触我的故乡，去理解我的故乡，去重新认识那些曾经在我身边伴我成长的人，去发现我与故乡的距离与连接。

地震后，有的人彻底失去了故乡

地震后，我的人生好像一直过得很匆忙：进入北川中学继续念高中，在那里度过了一个特别的高中生涯，后来又到南京上了四年大学，现在已经是在上海工作的第四个年头。在这期间，我曾为了高考奋力拼搏；曾因分手而坐56个小时的火车硬座；也曾拿着900块钱就独自去拉萨旅行，后来是我爸给我打了500块才让我买上了回家的火车票……地震后那些年，我经历着大部分90后都经历过的成长，经历着青春十年里最充满未知和精彩的种种。那个时候，我们用着年轻人惯有的方式去抚平地震带给我们的伤痛，因为年轻，我们的生命不断在前进，不断地进到新的阶段遇到新的人，可以让自己不那么容易想起过去经历的一些事情。

然而经历过地震的中年人不一样，在地震后，他们很多人失去了子女，失去了身边的亲朋好友，失去了房子，他们失去的是打拼了半辈子的安稳生活。

有一位男同学曾经在采访中聊到了自己的父亲，他说地震后很长一段时间，都是他妈妈在打工养着他和父亲。他父亲每天就知道打麻将、喝酒，无所事事，因此他那段时间很讨厌他的父亲，觉得父亲很窝囊，他想不通一个大男人为什么让家里的女人出去赚钱撑起这个家。在高中三年和大学前几年，他几乎都没怎么跟他父亲交心谈过话，后来参加工作，随着自己的成熟，慢慢开始去了解父亲。通过他母亲和亲戚讲的一些事情，他才明白，原来那场地震对他父亲的打击竟然那么大。他后来才慢慢地理解到，原来父亲也有脆弱的一面，并不是像我们小时候课本里写的那样，父亲一定是那座坚不可摧的山。

说实话，我很难想象如果我已经努力了半辈子，拥有了一个稳定的生活，忽然间一场灾难摧毁了我的所有，我会不会也被打击到一蹶不振？没有真的经历过，很难知道我们会不会比他们更坚强。我想，就是因为人生没有办法去做假设，所以真的经历过这场灾难的幸存者，才会总是被人问起曾经的经历。

前段时间看《地久天长》，电影里有一幕我印象很深，就是男女主人公在丧子20年后，从异乡回到老家的房子，他们打开门，家里的一切摆设都没有动过，他们拖着不那么年轻的身子，走进熟悉的房间，那一刻好像这20年经历的事情都是梦一般，屋子里似乎还留存着他们已故的小儿子玩耍奔跑的痕迹。

看到这里，我的情绪是有一些激动的，我想起在2016年春节的时候回家过年，那一年我已经开始做《初三四班》，开始因此而思考很多以前不会思考的事情。我记不清楚是什么样的情景下，我敲起（勇气去了刘阿姨家。刘阿姨是我发小的妈妈，我发小在2008年地震中遇难，她当时在北川中学念高一，比我大一届。之后6年多我都没敢去她家，那个以前我们俩天天腻在一起玩芭比娃娃的卧室我也再没去过。

虽然6年多没去过发小家，但是没有任何变化的走廊和各种摆设依旧让我感到熟悉。她家住在三楼的左上角，老式楼房，两室一厅，但那天我觉得阳台的墙忽然变得好矮，走廊也变得好窄，我明明记得小时候的走廊很宽大，我们还时常一起用粉笔在地上画上一大幅画呢。我一路跟着刘阿姨进了屋，觉得她家客厅也变得好小，可是所有的家具没有任何改变。进门后我便往我发小的房间望去，我们都没有主动提她的名字，也记不清我们都说了什么，我只记得当时的感觉有点拘谨。刘阿姨叫我过去，很自然地推开了我发小的房间，我的脚步很躲闪，并没有直接走进去，站在门口看了一圈这个小小的房间，里面的所有东西都像我发小在世的时候摆放的一样，几乎没有动过。

我很怀疑眼前这一切的真实性。在地震后前几年，我经常会梦见我发小在一个很亮的地方，她坐在轮椅上，四周都是粉色的花朵，跟我说她双腿高位截肢了，让我不要担心她。在梦里，我还追着告诉她："我回去马上去告诉你妈妈，你妈妈知道你还活着一定会非常开心的。"

有很多小时候跟我一起玩耍的小伙伴都在地震中没了，在很小的年龄就面对很多同龄人的死亡是一件很可怕的事情。

很多人对于故乡的情节应该都是来自小时候生活的记忆，小时候我们总觉得故乡是所有，而且很大很大。长大后，才发现故乡是个很小并且还挺落后的地方，它之所以还令我们如此怀念，只是因为这里充满着属于我们童年的故事，也许大部分像我一样来自乡村的人都有这种感情吧。

我去北川县城上高中以后，认识了很多很多在北川老县城长大的同学，由于老县城受损严重，异地重建，他们再也找不到小时候玩耍的地方了，那里就是我们称之为故乡的地方。对北川年轻人来说，长大后，我们和故乡渐渐失去联系，不仅因为年轻人惯有的长大后的远离，可能还因为那个地方，我们永远回不去了。

爱到深处是陪伴

何林烛是选择留在新北川的一位同学，也是我的纪录片中的主要人物。他曾经出去打拼最后又选择回到家乡；曾经摆地摊被亲朋好友瞧不起却依然坚持做自己。他有自己的理想、抱负，也想要不断折腾幸存的人生，但谁又能说选择回到家乡打拼、陪伴家人不是一种有勇气的选择？在影片里，何林烛表达得最多的是关于"陪伴"。

地震的时候，何林烛失去了弟弟，他的妈妈失去了小儿子。在他看来，如果没有家人的陪伴，在外面挣再多的钱都没有意义。所以，他最终选择回到家人身边，他明白对于他自己生活中最重要的是什么。因为失去过，所以更懂得珍惜。他说这是经历地震后自己最大的感受。这可能是人世间最简单、最容易被人提起的道理，但真能做到的又有几个人呢？

何林烛的努力和勤奋让人刮目，比他选择一天打三份工更令人动容的，是他积极的生活态度。在何林烛身上可以看到一个20来岁的年轻小伙子为未来的生活努力打拼的样子，特别真实。

记得我们在剪辑室讨论《初三四班》的内容时，何林烛发来一张图片，上面写着六个名字，他说这是给他刚出生的小孩起的几个名字，让我们帮忙选一下，我们用普通话和四川话分别把每一个名字读了几遍，说："何佑文，四川话普通话都好听。"……后来何林烛的小孩就叫何佑文。而一年多前，我在拍摄的时候，他就对着镜头说，明年就要结婚了，他在想今后应该如何通过自己的努力给家人带来更好的生活，压力特别大。

因为这个影片，我走进了何林烛与他家人的一段生活，从那以后，我们时常保持联系，我相信等何佑文长大的时候，再说起自己的家乡，一定满是北川新县城里发生的故事。

原来爸妈也是有爱情的

《初三四班》影片一开始，是我在我家院子采访我爸妈的场景，没有太多机器和仪式感的东西，就像我上大学期间每次放假回去都会拿着相机拍他们一样，他们以为我还是在闹着玩儿。但他们一向很听话，按照我的要求坐了下来："不要看镜头，看着我。"我继续"指挥"着他们，试图以更加专业的拍摄手法，让他们觉得我是认真的。这段采访并没有持续太久，但我妈哭了好几次，我爸还是像平时一样"耍酷"，但时不时冒出一些精辟的句子。

回去拍摄的一段时间，我都在相机的取景器里观察父母，我看着他们没有我的日常生活，感受他们的生活节奏，不禁让我觉得很安心、很放心，好像可以让我暂时忘记不留在父母身边的愧疚感。因为他们在没有我的日子里，好像过得还不错。

影片里有一段我父母去山上散步的画面，那天我拿着相机跟着他们，走着走着，我妈忽然发现路边漂亮的狗尾巴草，跑过去顺手摘了下来，又跑回我爸身边："送你一朵狗尾巴花。"我爸接过来再递回给我妈："送你一朵玫瑰花。"

记忆中，我妈一直是一个很吵的人，从早上起床就开始叽叽喳喳唠叨着家里的大小事情，但有时候又像一个孩子，爱笑也爱哭，而我爸则一直脾气很好，生活中处处让着我妈。透过镜头我才慢慢发现，两个人一起经历了这么多事情，后来谁对谁好都不是没有原因的，也许是我爸觉得，我妈当年走了三天三夜，到震塌成一片废墟的学校来找我，这件事情让她受尽了一生中最大的苦。他希望她往后的生命里不再经历大起大落，希望他们的生活更平淡、平凡一点。

原来爸妈也是有爱情的，如果我没有选择拍这部纪录片，没有回到家乡与父母生活一段时间，我不知道会在人生的哪个节点才会明白这一点。

"如果爸爸能够活过来一天"

母志雪是影片中的第二个人物，也是在2016年那次同学会上给我留下最深刻印象的同学。我记得地震前她是一个非常文静的女孩儿，上课也不怎么爱回答问题。但在同学会那天见到她的时候，我觉得这个人只是长得和以前的母志雪很像，而她的性格好像已完全变成了另一个人。我重新认识的母志雪，活泼、开朗，整个人特别有自信，如果不是后来的跟拍和采访，我肯定不会知道这个当初在班上默默无闻的小女子，在地震后经历了那么多事情，发生了如此巨大的变化。

在大部分的拍摄过程中，母志雪都嘻嘻哈哈，很爱开玩笑，很幽默，带给我很多快乐，这是她现实生活中的常态，也是很真实的一部分。但在拍摄中，当她沉静下来给我讲述她的故事的时候，几度让我这个"冷静"的采访者强忍眼泪。

那天等她下班已经下午3点多了，"你再不来，天黑了没法拍啦，我可没有专业的灯光师哈"。我开玩笑似地发微信过去催她。那天天气不是很好，是成都惯有的阴天，我其实很担心，在这样的天气再把她拉入痛苦的回忆里，是不是很残忍。她这么直爽性格的人，会不会直接拒绝我。不过没一会儿她就下来了，带我到她在公司附近租的房子里，我们选择了一个光线可以直接照在脸上的位置，开始了两个女孩儿的聊天时光，在那之前我们还点了热奶茶。

跟着我的问题，我们开始回到地震前的童年生活，一直聊到地震后她失去了父亲，她说她母亲那几年经常哭。母志雪很健谈，没有刻意回避任何话题，也没有露出悲伤的情绪。后来我们开始聊到她现在的感情，她开始跟我分享她和老公从认识到后来决定在一起普通又甜蜜的故事，看着她一脸笑容，同为女孩，我很羡慕她脸上洋溢出的幸福感。

"遇到了自己的爱情，你的人生感受有什么不一样吗?"我把问题抛给了母志雪，她思考了一下，欲言又止，接着说道："如果现在让我去想象陈翔（她的老公）有一天不在了，我觉得我都无法承受，我想都不敢想。所以，人只有真的走到这一步，才能真正理解到我妈当时怎么想的。"

听完之后我愣住了，我不知道该说些什么。母志雪看着我，接着说，她觉得失去父亲对现在的她更多的是一种遗憾，那段时间她时常会想，如果她爸爸能够活过来一天，就一天，她跟他讲一讲她这十年的生活，她这十年有多优秀，那该多好呀。她也在想，如果她爸爸还在，看见她找到了陈翔这样的人托付终身，她爸爸会不会满意呀?

她微笑着说着这些"如果"，眼睛里泛着泪光，但眼泪并没有落下来，而坐在摄影机旁边的我，眼泪却已经控制不住。作为影片的导演，我当然知道这肯定是很好的素材，可能会戳中所有人的心，但那一刻找旦是她的同学，她的同龄人。听完这些"如果"，我内心很难受，但母志雪就是有一种神奇的能量，能够让我在难过以外，又能感受到她因为失去过而倍加珍惜现在拥有的满足感，让我觉得内心很暖。

拍摄母志雪的那段时间，我现场哭了好几次。她结婚的时候，我站在她和陈翔的旁边，看着取景器里他们从我面前走过去，眼泪止不住地往下掉。或者是因为那之前，我了解她和她家人的故事，我太知道那一刻是多么的来之不易，所以才如此感动吧。

如果我没有选择回去做这部纪录片，我不会有机会再走进她的生活，去看见属于她也属于我的成长。

只要生命还在，机会就在

2018年10月《初三四班》完成后，我们在上海、北京、南京、杭州等地做了放映以及观众交流会，结束后我收到了很多留言：

"我哭得稀里哗啦！"

"世界上有很多境遇比她好，没有经历过这种创伤的人，却表达不出这种幸福的感受。"

"婚车驶过清晨的北川老县城，我看到了在一片雾蒙蒙的庞大废墟中闪烁着星点的安静的小希望。"

"把和你一样的幸存者记录下来，这背后的坚持让我感动。"

"看完《初三四班》，我真的有点想家了。"

…………

看着大家的留言，我很感动，在《初三四班》这群经历了地震的年轻人的故事里，竟然有这么多人找到了自己成长的印迹……这一刻，我真的很感谢三年前的自己，有勇气来开始做这件需要一头扎进回忆里的事情。我现在对生活的反思与成长的感悟，很多都来自拍摄《初三四班》后与故乡的接触。

不管到哪个阶段，小时候的经历对后来人生的影响是非常大的，时代的发展让越来越多的年轻人来到城市生活，而那些称之为"故乡"的地方也离我们越来越远。我很幸运，因为《初三四班》重新有机会去接触"故乡"，探索成长的历程。希望我们都在人生的际遇里勇敢做自己不那么敢做的事情，人活一世，没什么大了的，只要生命还在，机会就在。

吾乡吾民：一个家族的变迁史

张子艺

2017年深冬，河西走廊草木萧瑟、天寒地冻。人、动物、树木，都蜷缩着，捱过冬天，大家才能舒展开来。

"你大姑去世了。"父亲打来的电话略显紧张。

大姑是爷爷奶奶的第一个孩子，她比奶奶只小19岁，奶奶去世28年后，她也去了另一个世界。60多岁，因为急性阑尾炎，从此天人永隔。如果在城市，这不过是个极小的手术。城市里的医生询问病人时，阑尾炎手术史从来都只是普通得不能再普通的外科手术。

我的老家，是丝绸之路中段河西走廊上一个极不起眼的小村庄，20世纪80年代是她的鼎盛时期。百户人家，"井"字型排列，家家都是土坯墙，宽裕一些的，房子的门脸儿用砖砌起来，赭石色的砖头整整齐齐地排列，显得喜气又贵气。

村庄周围是大片的田地，一株株白杨树长在田埂上。夏天，村庄外郁郁葱葱，村庄里，太阳时常赤裸裸地照在人脸上，只有几棵树的树荫底下，便成了小小议事厅。人们休息下来的时候，会端着碗坐在树下聊天，小孩子则在土墙上爬来爬去，打打闹闹，将土墙磨得圆润光洁，那几个爬来爬去的孩子当中，就有我。

6岁时，我进了城，去读幼儿园，7岁上了小学。从此，乡村与我渐行远去，但乡村里的人，始终与我有着千丝万缕的联系。在爱的密码中，人到中年的我读懂了乡土；在时光轴中，映照出一个家族从乡村到城市的变迁史。

源起：幸存者

所有的故事，是从上个世纪一个年轻人——我的太爷爷开始的。

据记载，民国16年（1927年）农历四月二十三日凌晨，甘肃凉州、古浪一带发生了里氏7.75级的强烈地震，造成空前的大破坏。据粗略统计，倒塌房屋40多万间，震毁村庄1.93万处，压死居民3.54万人，伤4.3万余人，牲畜死亡20余万头……凉州城头的24座楼子，除北城头独存一座外，其余全部被震塌。城内的大云寺、罗什寺、清应寺等都毁于一旦。

这个年轻人，当时在凉州城的一个铺子里当伙计。他年轻俊俏，处事又灵活，深得掌柜的喜欢，如果再过几年，他的羽翼再丰满一些，掌柜说不定会把他年龄合适的女儿嫁给他一个，他可能会慢慢地拉开另一个铺子，也当上掌柜。

这是理想状态下的一种幻想，世界总是以惨烈的方式，毫不留情地践踏我们的所有幻想。

他们遭遇了一场前所未有的大地震。

当墙面开始摇晃的时候，在前厅货柜周围睡着的小伙计陡然被惊醒，他顺势滚到宽大的柜台中，瑟瑟发抖。柜台是厚厚的木头做成的一体柜台，靠近店家的一边开口，方便从中拿货物；面对顾客的一面和桌面，是厚厚的木头，油了彩漆，看着富丽堂皇。铺子，总得有些铺子的气质和殷实，掌柜用了很厚的木头，来不动声色地展示这种殷实。现在的货柜都用玻璃柜，干净明亮，顾客可以一眼就看中想要选的物品。但却是当年那个笨重的，彩漆的木头货柜，救了年轻人的命。

等摇晃稍微放缓之后，他跑出去看了一眼，掌柜的全家在睡梦中全部被压在房屋之下。这一眼后，惊恐的年轻人发现，如果行走在大街上，万一大地再摇晃起来，很有可能被旁边的房屋砸到。他做了一个非常重要的决定，这个决定让他的后人们每次想起，都觉得劫后余生。他又回到货柜中，土坯砸在木头上，只发出一些沉闷的响声……

提心吊胆地捱了三天后，他赶了几十里的路，回到老家。

这个老家，就是距离武威不远的古浪县土门镇。

到了土门，受到惊吓的年轻人用了很久的时间才缓过神来，他决定不再去外面闯荡了。当年，50里的路，已经可以称得上是"远方"了。

民国时期，土门是当地一个比较繁华的货物中转站，当地有这样的顺口溜："要想挣银子，就去大靖土门子。"很快，他结婚生子，在"城里头"置办了一个院子，过上了家常的生活。说是"城里头"，其实不过是当年镇上最中心的位置。因为比较繁华，往来商人比较多，因此，只有最中心的位置，才能骄傲地说"我是城里头的"。所以我的奶奶和爸爸，在搬离"城里头"多年后，还是会怅惘地回忆："我们当年也是住在城里头的人。"

从乡村抵达城市的爷爷

1933年，山海关被日军攻陷；

希特勒被任命为德国总理；

红军与十九路军签订《反日反蒋的初步协定》；

冯玉祥辞去同盟军总司令；

曹禺创作话剧《雷雨》……

世界正在孕育巨大的风暴，中国正在经受战火的洗礼。

那一年，爷爷出生了。爷爷是独生儿子，只有一个妹妹。

在他的时代，独生儿子，将要受到多少宠爱？那是一种无限的、饱满的、满月一样泼洒的爱意。

后来，爷爷成了一个读书的好苗子，初中会考，排名在全镇第二，家人大喜过望。他顺利考入武威一中。那时候，未来像光华涌动着的远方，18岁的他，心里一定也是无限憧憬

整齐齐地叠放在桌子旁边，不多久，桌子旁边就积攒了厚厚一叠。每逢过节，其他几房堂叔伯爷爷会一起到我家来，修家谱。这是大事，他要先净手，然后恭恭敬敬地从柜子里请出家谱——那个柜子是上锁的，里面装着他很珍惜的一些竖版书，还有半袋子梨，或者苹果。水果甜蜜放肆地扑出香气，连家谱的书页上，都沾染上了果香。

爷爷可能没闻到或者闻到了也假装不在意，毕竟那么严肃的场合，给孙女摸出来一个苹果，有失庄重和威严。就好像戏台子上唱戏的花旦，忽然露出半截裤腰，虽然不至于让人出戏，但总是露出了瑕疵，成为憾事。

修家谱，是及其隆重严肃的，每个人都屏住呼吸，蹑手蹑脚，连小姑给大家添水的时候，都有意放轻了步子。好像家谱从柜子里被请出来的那一刻，祖先们都挨个儿地在堂屋里落座了一样。

爷爷轻轻地打开家谱，像所有大家族中大权在握的长子一样，威严地坐在高高的椅子上，先翻阅一下之前的记录，间或说说前辈们的一些往事。比如，清代时，我们这一门，曾经出过一个举人，竟然是武举人。

武举人是很厉害的，据说爷爷向前好几代，我们这一门都是镖师，他们个个年纪轻轻就走南闯北，为人家押运货物。对于这种生意，我最直接的启蒙就是武侠剧，武侠剧里的顺丰镖局、圆通镖局、申通镖局，镖师们身材结实，虎虎生风，大碗喝酒大口吃肉，拳脚功夫了得。

每次想到我的祖辈们曾像武侠剧里面的人一样生活，我就有一种隐隐的自豪感。这并非"我们祖上也阔过"式的骄傲，而是，我们祖上曾经从事着一个梦境般的职业。一种脱离了农业社会属性、城市社会属性，没有被固定在某一处，可以四处移动，自由的职业。只是因这职业特性，不免会跟人结仇，好几辈都是二十七八岁就被仇家所杀，死于非命，留下年纪轻轻的寡妇带着一两个孩子孤孤单单地过一辈子。

　　于是到了某一代，有镖师就下定决心，不再去跑镖，要弃武从文，要教孩子读圣贤书。张氏这一门青年男子早夭的局面，才得以改观。

　　到了我爷爷这一代，已经是肩不能扛手不能提的白面书生了。只是其他几房的叔伯们，还有武举人之家力大无穷的遗传。父亲说，有一个堂爷爷，年轻的时候可以扛起一头牛。一头牛？那怕是很重很重的吧。

　　说完祖上，堂屋里的气氛会显得缓和一点。我想，可能是祖先们听到晚辈们这样夸他，自然不好一直板着脸，于是放松下来，整个屋子的气氛也就松懈下来了。

　　这时，爷爷会拿着毛笔，看向坐在堂屋里凳子上的二爷爷："新年生的儿子，叫什么？"二爷爷从怀里拿出一张纸条，上面是一个新生孩子的名字。孩子还浑然不觉，但他的命运，已经被纳入一条流淌着的大河，在这条大河里，全天下的张姓的男丁们，都有着一个共同的祖先。

　　女儿是算不得数的，纵然童年的我，作为爷爷奶奶的长孙女，受尽宠爱，但他们亦无限地期待着，期待着长孙的降临。

陈述这段的时候，我忽然懂了昔日年轻父母的压力，那个家谱上空白的地方，谁的孩子，将被填上第一个名字，都会有一种暗自的骄傲。我的父亲，还有一个比他小几岁的兄弟。

这样的事并不多，红彤彤的孩子的出生频率并不是那么快。几年，才会有一个新鲜的名字被写入家谱。因此，我的童年时光，依旧像一条安静流淌着的河。那条河里，是我、爷爷、奶奶、正在读书的小姑。

从城里返回乡村的奶奶

1949年到1957年，我国经过三年的国民经济恢复和五年的经济发展，国家经济实力有了很大的提高。1958年起，农村大力推行人民公社制度，城乡各地大办工业、大炼钢铁，大批农民经招工进入工矿企业，城镇居民人口极度膨胀。

我不知道在1960年爷爷奶奶到底经历了什么，我日后从图书馆里看到那被写满纸片的饥饿和死亡时，想到的第一件事就是我的父亲，他正好在那一年中出生。据说，那一年出生的婴儿普遍缺乏营养，母亲空空的乳房，就像两个破布袋子，里面挤不出一滴奶。

但父亲出生在藏区，有牦牛的藏区。如今，这是天祝藏族自治县。

于是，这个可怜的婴孩，就在牦牛的乳汁中，逐渐可以坐、卧、爬，并长出了牙齿，可以被喂进去稀薄的面糊糊。

但奶奶终究还是决定要走，在儿子可以抱在怀里长途跋涉的时候，她决定要走。有了儿子的女人，会陡升出许多勇气，可以打败怪兽，甚至可以变成怪兽。

这个裹着半大脚的小个子女人说要走，走到他们的故土。天祝和古浪之间，大概有100多公里的路程。

其实，奶奶是偷偷溜走的。她的出走，使她和儿女们的城市户口，各个都变成了农村户口。父亲和大姑曾经不无遗憾地说，要是当时留在天祝，他们可都是城里人。在他们成长的时期内，二元制的户籍制度下，"城里人"获得的，不仅是脸上的荣光，还有切实的能够被抓在手里的利益。

但是奶奶固执地说，乡下有房子，还有地，地里只要种上东西，人就饿不死。我推断，城里拿着粮本本买粮的那段时间，她其实一直没有吃饱过。她要省下口粮，给工作的丈夫，给两个嗷嗷待哺的小女儿，她的肚皮，可能一直是瘪瘪的，虽然爷爷可能隔一段时间会拿来一块肉让她炒了吃，但她一定是舍不得吃的。别问我为什么知道，一定是这样的。

所以在有了儿子，传宗接代的重任完成后，奶奶可以坦然地，牵着女儿们，抱着儿子，像个英雄妈妈一样，回到她的故乡，她有土壤可以种植一切的故乡。

奶奶也一定没想到，她这个基于饥饿本能下做出的决定，在时隔多年后，历史的梳理中，竟然成为了被大潮推动的那一群人。据说，由于三年自然灾害，粮食大幅减产，农产品供给短缺，工业经济效益下降，国家无力负担庞大的吃"商品粮"的城镇人口，在经济形势危急关头，国家被迫从1960年底开始将1958年以来新招职工中的原农村人口大批下放回农村。到1962年上半年，全国共下放城镇人口2600多万，其中职工2000多万，干部100多万。当时的提法是"增强农业战线的劳动力"。这是新中国人口流动中的第一次逆向大迁徙，如果说其他城里人是被动地顺应了国家政策，那么奶奶就是主动地，在无意识的情况下，选择了跟那个时代的某个方向保持一致性。

爷爷继续留在城市，奶奶则带着孩子们，"逆向"流动到了农村。

回到老家后，他们继续住在以前镇子中心的老宅子里。关于这段历史，我略微感到有一点模糊，因为自打我记事后，奶奶和爸爸频频说起"城里头"这个词儿，按照他们的描述，此地有一个"财神阁"，是很靠近镇子中心的位置，但是后来不知道出于什么样的原因，他们搬到了镇子的边边上。

据说是因为一个队的人都搬走了，我以前疑心是他们从城里到了镇上，之前的房子被人占了，所以才搬走，但似乎父亲小时候的记忆都是在这里，说明祖产并没有被占。那时候一个院子里住着四家人，四家人感情很好，逢年过节做了好吃的或家里添了荤菜，都会给隔壁端一碗过去。搬到镇子边缘的俞家场之后，每家人都有了单独的院子，但这个习惯却一直保持了下来。我小时候，吃过隔壁肖家送来的千层月饼，冬至的时候，也跟着奶奶提着装满疙瘩饭的小陶罐子，给房后头的韩家送过。

我一直不知道奶奶算不算是一个合格的农民，因为我出生后，她就是祖母的模样了。她只在屋子里忙来忙去，扫炕、扫地、擦桌子、做饭、做衣服、纳鞋底、种菜园子里的菜。我只能依稀从年轻的姑姑脸上，看到她的模样。眼睛是大的，长圆脸，虽然不显得格外好看，但自然一点都不难看。

奶奶是被抱养的。

这在我们家里不算一个秘密。爷爷奶奶知道，爸爸妈妈知道，姑姑叔叔们知道，亲戚们都知道。奇怪，好像在那个时代，抱养是很稀松寻常的，完全不算一件事，随随便便就能说出来。

所以，小时候家里来的亲戚分富亲戚和穷亲戚。

富的亲戚，是抱养那一边的。那边是个地主，生了两个儿子后，再没生孩子，所以他们抱养了兄弟姐妹格外多的奶奶。虽然我印象中彼此走动的不太多，但兄弟姐妹之间的情分也是有的；穷的那些姑奶奶，都是奶奶的亲生姊妹，她们普遍被嫁到比镇子更偏僻的农村里，嫁的人不用说，都没爷爷好。所以私下里聊天的时候，她们也都很羡慕地说，给人倒给好了，过上好日子了。

奶奶是作为地主家里的闺女出嫁的，所以她嫁给了高大俊秀的爷爷。她的子女，只有那个1960年出生的儿子，我的父亲。因为格外地缺乏奶水和食物，他只长到刚刚迈过一米七，其他人都有着笔挺得像小白杨一样的身高。

在我记忆中，奶奶家的生活是很好的。20世纪八九十年代的农村里，有些人家据说还很困难。但是奶奶家已经能不间断地吃肉了，每到冬天，爷爷就会扛回来一只羊，吃完了再扛一只回来吃。平日里，猪肉是不缺的，买来大块的猪肉，切成小块儿在锅里煸出油，放在阴凉处，每天取一些炒菜。每次煸猪肉的时候，我都蹲在灶台上眼馋地看着锅里的肉片，奶奶会捞出来一小块儿瘦肉，吹啊吹，吹凉了放在我的嘴巴里，我心满意足地吃完一块，继续看锅里。

"蹲灶台"成了当地人嘲笑爷爷奶奶宠爱我的话题，"张家的那个小丫头，蹲在灶台上吃饭，这大了可怎么办?""小丫头片子就这么馋，以后不行啊。"我倒是按照自然规律长成一个大人了，没有被惯坏，略微有一点馋，唯一挑剔一点的就是从来不吃肥肉。

物质匮乏的时候，大人总是编出来很多理由来掩饰这种匮乏，要对孩子简朴一点，要让孩子吃点苦，不能让他们小时候得到太多免得折了未来的福气。但实际上，每一代人都有每一代人的痛苦和宿命，实在没有必要因为自己的匮乏，把这一切匮乏当做理所当然。

再进城

爷爷奶奶一共有6个孩子，两个儿子，四个女儿。

一个家族的命运，就像一棵树，我们以为根扎在深深的土壤之中，就会安全。但阳光、风，都可以成就或者摧毁它。

时代背景，是每个人命运之上的底色。

1960年到1970年之间，家里前三个孩子，我大姑、二姑和我爸爸，他们之间因为一起长大，感情很好。爷爷常年在外工作，三个略微大一点的孩子，自然而然地承担起了农活儿和家务。据我爸回忆，小时候天不亮就去锄地，因为个子太小，也就比铁锹把子高一点点，他和二姑两个人"吊"在铁锹把子上挖土、平地，地里来往的人看到，都要大大的嘲笑一番："就像两个尿泡挂在铁锹上。"

奶奶38岁的时候，大姑出嫁了。

那是1971年，我爸还在上小学，关于这场婚礼，他的所有记忆都停留在吃酒席的那一刻，他是新娘的弟弟，是岳父的大儿子，是当时婚礼上实至名归的贵宾。可能是第一次被人如此当作大人一样郑重对待，多年后他谈起那场婚礼，似乎还带着无限的留恋。

爸爸另一个得意的点，是他的小学老师。

他四年级以后的小学班主任是大城市来的一位下乡知青，人很清瘦，不过在那个时代，匮乏的饮食也不太可能让人肥胖得起来。小学班主任教会了他拉二胡、吹笛子，多年以后，他经常在工作的单位上台表演。要是没有这位多才多艺的大城市来的小学老师，一个普通的农村小孩未必能有机会接触到乐器。

相比之下，和我爸同龄的我妈就更幸运一些，她的启蒙老师，是一位上海人，说着一口标准的普通话，所以我妈的普通话水平一直在平均分之上，这在60年代的西北农村，终归是降临的好运气。

当前所有关于知青的回忆录，都是重新回到城市的他们回忆当年的苦，当年的艰难。但当年他们带给偏远地区孩子们心里的光芒，曾像剑一样劈开了蒙昧，指出了一条隐约的路，在那条路上，人类除了生物本能之外，还有高于本能的一些东西：艺术、哲学，对于未来的可能和最高的幻想。

大姑的出嫁，是这个家庭开始逐步向外生长的第一步，接着，二姑出嫁，我爸去外地读书并结婚生子，三姑、小姑相继离开了娘家。70和80年代，20年间，这个大家庭一直在不断分离，又不断扩展。

大姑嫁给了爷爷在物资局的年轻同事，大姑父长着一张圆脸，敦厚温和，身材高大的大姑比大姑父高出半个头。他们家跟奶奶家住在一个村子里，直线距离不超过200米，虽然大姑父有工作，但当时刚结婚的小家庭生活拮据，奶奶明里暗里帮衬着，一年后，大姑的女儿呱呱落地。

又过了一年，奶奶的最后一个孩子，我的小姑也落地了。

我幼年时期，无论如何都想不通，为什么大姐姐明明比小姑大一岁，还得跟我一样，恭恭敬敬地喊姑姑，后来一直到我上了小学了，才慢慢弄懂里面的原因，但是大姐姐一定很不忿，明明可以当姐姐的人，却因为辈分，要喊一个比自己还小的人姑姑。

70年代中期，二姑也结婚了，嫁给了一个铁路工人，当年那是非常吃香的工种，虽然当时不兴说"帅"，但是以我孩童的目光，我觉得二姑夫既高大，又浓眉方脸，尤其穿着铁路工人的衣服，显得格外精神好看。

恢复高考制度后，我爸刚好17岁，高中毕业，第二年被武威中等师范学校录取，真正意义上成了"穿皮鞋的城里人"；我妈则在前一年考上这所学校。很难说，如果没有从小学起，遇到那些来自全国各地的见过世面的年轻人给予乡村孩子教育上的启蒙，他们怎么会打开视野，会通过这样升学的机会，去见识更广阔的光彩世界？

后来他们每每谈论起这个话题，一方面会感激当时的知青："要是没有他们，当时学校本地的老师连拼音都不会念，根本教不了什么。"另一方面，他们又出于人性的角度悲悯这些年轻人："老师们当时也就20出头，不容易，大城市里的来的，还是南方人，在农村里的生活太苦了。"

你们下了乡，无数个乡村孩子进了城，你们用自己的青春照亮过我们的命运，我们不会忘记这一切。

大姑生了大姐姐，又一口气生了三个儿子，二姑有了一儿一女，我爸妈有了我。

我出生时，是80年代全国计划生育政策最紧的时候，我爸那时候在计划生育局，虽然做着管理工作，但是大家的意识却没有被教育过来。

他们自己内部的人，闲聊时，有儿子的得意洋洋地逐一点评："XXX家里祖坟不冒烟了"，"XXX完了，两个女儿了。"那年我7岁，坐着他们单位的车去吃饭，还听不太懂他们说的话，但毫无疑问，当年那个说这话的人，唾液四溅眼神猥琐，我知道他没说什么好话，只是那一刻我还不明了身为女儿身的存在，在他们看来就是一个错误。

那些年，亲戚们总疑心我爸妈命中注定没有儿子，大姑甚至说，可以把他最小的儿子我的小哥哥，送给我家来养，我妈拒绝了。虽然爷爷奶奶也许对我的出生有很大的失望，但是作为第一个儿子这边的孙辈，我还是被给予了很大的关照和细心的抚养。

80年代的最后一年，小婶婶被娶进了门，是一个高大的年轻女子，她很快生了儿子，我母亲的压力与日俱增。

我被接到父母工作的学校，三姑要去新疆，她相中了一个退伍军人，汽车兵，退伍后在新疆跑运输，后来，她把我最小的姑姑也接到了新疆，她们彻底变成了新疆人。

90年代初，我读小学了，我妈生了儿子，生下的儿子还没满月，我奶奶去世了。

我去看奶奶的时候，弥留之际的她已经认不出我了，我跪在她身旁喊她："奶奶，奶奶！"旁边的邻居笑着让她猜我是谁，她说："是秀儿吗?"秀儿是我大姑的女儿。她略微清醒的时候，我弟被抱到她怀里，她脸上笑着，仔细看着婴儿鼻尖上的小疹子："瞌睡虫虫还没退下去呢。"

祁连山下的白月光

我再没有看过那么大，那么白的月亮。

秋天的夜晚躺在院子里铺好的毯子上，月亮明晃晃地挂在空中，像一个大银盘。我没有见过银盘，这句话是正在上小学的姑姑教给我的。她一字一句地用蹩脚的普通话教我，听着我结结巴巴说不清楚，恼了，大声拉长了声音喊奶奶："妈——，你听，这个娃儿连话都说不清楚。"其实她的普通话也说得磕磕绊绊的，有些音都是错的呢，不过当时的我们都不知道。

爷爷也搬来个小板凳坐在院子里，作为国家干部，他是整个小村庄唯——一个。他坐得规规矩矩，没有东倒西歪，没有靠着椅背，所有难看的姿态在他身上都没有出现过。后来我爸总是要求我坐有坐相站有站相，还因为我趴在餐桌上吃饭拍过我一巴掌，可能爷爷小时候也拍过我爸和姑姑们吧。

和坐姿一样，爷爷洗漱也很讲究。他每次洗完脸，都会捉住院子里疯玩的我，用雪白的毛巾擦我的额头，擦我的眼睛，擦我的鼻子嘴巴脸蛋，还有两只脏兮兮的手。然后，我再次像个撒欢儿的狗犊子一样，一溜烟地跟在院子里的老黄狗身后捣蛋去了。

月亮圆的时候，西瓜也从地里长熟了。爷爷家里不种西瓜，距离镇上30多里之外的亲戚们每年都种十几亩的西瓜。一到西瓜长熟后，就用驴车拉一车给我们，"夏天么，孩子们总是要吃西瓜的，再说八月十五快来了，十五那天你们总得杀一个西瓜给先人吃。"

我知道，我们跟他是一个祖先，虽然他比我爸都老，但是我们是一个辈分，名字中间的那个字都是"子"。所以他每次到奶奶家，总是要大声喊我的大名儿，"张子艺！张子艺！"好像这么一喊，关系变得更亲了。

家里还有些梨和苹果，也是亲戚们拿过来的。我们住在镇上，每个人只有一亩五分地，只能种麦子当口粮，亲戚们住的地方土又肥地又多，可是他们似乎都有点羡慕爷爷奶奶的生活。每次来了后都拘谨又热络地要给我塞几个果子，拉着我亲热地说说话。然后要去爷爷的堂屋里喝水说事儿，奶奶会在茶杯底上放两大勺白糖，甜津津的糖茶一喝，话匣子就打开了。

奶奶还要提前做好月饼。

河西走廊上的月饼是车轱辘大的。

一层一层的油和糖，还有绿色的香豆子、玫瑰花瓣、姜黄、红曲、胡麻被裹在面里放在笼屉上，最上面还要蒙上一层薄薄的面皮，这层皮是为了防止蒸汽滴在月饼表面不好看，熟了之后是要被揭掉的。最终做好的月饼要几个小伙子抬着放在灶台上已经烧开水的大锅里。这么大的月饼，要蒸一下午，才能蒸透蒸熟。蒸熟后的月饼并不能马上吃，最好的要放在八月十五那天供奉用。

等到了那天，奶奶先把一个大西瓜切成锯齿形，然后再洗一盘苹果，洗一盘梨，洗一盘葡萄，还要放几盘花生瓜子水果糖。等到这些都就绪之后，这才到厨房去，跟姑姑抬出准备好的月饼，方方正正切出来最中间的一块，装在盘子里，伸长胳膊小心翼翼地走到院子中间，端端正正地将这盘月饼放在最中间。

献完月，大家才能开吃。

小姑喜欢就着西瓜吃月饼，我趁机把水果糖装在我的裤兜里，奶奶会拿一块月饼尝一尝："也不知道发面酸了没有。"虽然奶奶多年来从没有发酸过一次月饼，但是，身为主妇的奶奶每年都会担心着同一个问题。因为，如果月饼酸了，会关乎一个主妇的体面。

爷爷磕一把瓜子，吃几粒葡萄，再尝一两口月饼。抬起手腕，一看时间："九点了，看的那个电视快开了。"院子里已经有不少邻居家的孩子，听到这句话，犹如得到指令的士兵飞快地窜进堂屋里，每天的电视剧，都在此刻如约而至。

后来，我到了城里读书，再没有在八月十五的院子里看到过那样又圆又大的月亮了。

有一年的八月十五，爷爷去世了。

那是90年代中期，从此，我没有了背后的人。

飘散的"蒲公英"

奶奶没有想到，当年逃离城市的她，子孙们竟然都进了城。

2000 年左右，我读初中的时候，大姑那个原本要过继给我家的小儿子，去当兵了。大姑家的哥哥姐姐都结了婚，二姑家的哥哥去了新疆，他们一下子变成大人了，那个在爷爷去世的葬礼上，从背后掏出一把花生放在我手里的哥哥们，陡然成了成年人。

我去了兰州读书，没几年，二姑的女儿，去了河北读书。

叔叔的儿子，去了呼和浩特读大学，毕业后留在当地铁路局，现在连小姑的女儿，也在读师范。我弟，走的更远，先去古巴，再去西班牙，有可能，他会是我们家族中第一个博士。

兄弟姐妹们就像是手里的一大把蒲公英，风一吹，我们都散了。

但我们散的方向，竟然如此一致。

所有的人都沿着"进城"的轨迹，通过升学，通过婚姻，通过各种方式，在城市的边边角角中扎了根，开了花，结了果。

这个时期，也是中国城市化进程最快、最明显的时候，大城市呈现出非常明显的虹吸效应，人们被裹挟着，被推动着，去寻找更好的职业选择。或者说，为下一代寻觅一个更好的出生地，这是所有动物的本能，也是推动人类进步的生理本能。

所有中国人祖上三代都是农民。

这个有着长达千年农耕文化历史的民族，男耕女织、田园牧歌式的从容，从清朝末年开始被逐步打破，开始被全球工业化推动，人们或主动或被动地从乡村迁徙到城市，人们在荒芜的工业森林里茫然四顾。

严冬给大姑的丧事增加了悲伤的气氛。

是一个傍晚，我呆呆地坐在她家的院子里，人们喧哗着，静默着，眼睛突然之间变成一个取景器，这个小院子变成一个个镜头，转换、移动。我突然从众人中跳出来，旁观着这一切，脑子里抑制不住出现一排一排的文字。作为一个写作者，我从来不将自己身边的人事当作素材，但是那一刻，脑子里的文字一排一排地整整齐齐地滚动起来。它们是活的，它们在我脑子里自动冒出来，它们在生成场景，它们在自己书写。我恐惧地按住这种自动生成，在这样的悲伤面前，任何的文字描述，都是对我感情的一种亵渎。

脑子里的文字终于停住，最后冒出一句话："人生一世，草木一秋。"

在那一刻，我突然懂得了葬礼大操大办最初的寓意："让更多活着的人，了解死亡，用喧哗来消解死亡。"

但在城市里，人们避谈死，恐惧死，以为避免谈论，它就不在了。

还是有人能认出我，做饭的妇女们抬眼看着我："这不是张XX吗？""就是，老大的姑娘"。还有人好奇地问我有没有结婚——她们已经忘记我大概的年龄了，只依稀记得，跟XX家的姑娘小子差不多大。

我已经快被村庄遗忘了，我的小伙伴们，他们也陆续进了城。

尾声：没有故乡，我的背后一片荒芜

父亲常说，退休了要回老家去养老。

父亲有自己的村庄，父亲的村庄，是爷爷的村庄。

父亲的村庄是没有变化的，有老人去世，有孩童出生，但村庄依旧是村庄。

父亲生活了20年的村庄，勉强算得上是我的故乡。我统共在那里结结实实地生活过7年时间吧。然后，我就像一只鸟儿，飞向别处了。如果说，十年前，我走在那里的大街上，还会有一些熟悉面孔可以问好的话，现在的我，之于那个地方，完全已经变成一个陌生的过客了。那些不知道什么时候起来的高楼，那些散落在小巷子里的烧烤摊子，那些大声讲着方言说笑的人们，就好像隔着玻璃看到的对面，已经是我全然陌生的一个世界了。

有那么一些瞬间，我多么嫉妒有故乡的人啊。就好像，他们受了委屈回过头，依旧有一个温柔缱绻的怀抱，而我没有，我的背后，荒芜一片。

我回不得头，只能往前走，拼命往前走，自己做自己最强大的后盾。

大姑去世后一年，老家再次传来消息：当年爷爷一手打造出来的小院儿要拆迁——这里已经做了整体规划，要建立冷冻库，这是"一带一路"中的一个极小的基础项目建设。对于已经离开家乡的人来说，这是一笔意外的祖上财富，人们笑容满面地盘算着要在城里买房——这样孩子就能接受好的教育，甚至，他们一开始就是城里人。祖辈和父辈终其一生的迁徙和奋斗，对新生一代来说，那已经是过去遥远的时光，而他们，一开始就生在"罗马"。

自然，人的野心和欲望还会鼓动着我们往更遥远、更新鲜的地方迁徙，但是在这一刻，这个西北农村的家族，已经彻底完成了城市化的初始。

童年的时候，我常常在冬天仰起头来，看着薄暮下炊烟四起，落日晕黄，那是乡村最温柔的时刻。辛劳了一天的人们，从各自的田地里走向村庄。长大后，有时候在异乡，我也会抬起头来看看那轮太阳。在北京的雾霾下，有一次我真的看到汪曾祺笔下汪着油咸鸭蛋一样的落日，但那一刻，心里弥漫着的寂寞和无助似乎要像那暮色一样把我吞噬了。没有人敲着脸盆大声喊："天狗吃月亮了！"月亮并不会露出面来多看我一眼，只有任凭自己熬过茫茫夜色，看到天边的那一线白光。

在异乡，所有的夜色都像是巨大的怪兽，所有的梦境里都有着可疑的人，我在梦里抵御着一切鬼怪，心惊胆颤，疲惫不堪。

萨特说，他人即地狱。

苏小妹说，你看到什么，你就是什么。

我只好垂头丧气地说，我是一个没有故乡的人啊，你们不要欺负我。

我所经历的 20 世纪后半期

闫瑞明

饥馑童年

我叫闫瑞明，生于1947年，一直生活在中国西北一个叫闫家湾的村庄里。

童年的最早记忆大概在1952年左右，那时，我虚岁5岁。那时，新中国成立不久，对于国家，村里人都欢欣鼓舞。1952年实行土地革命，一些没土地的人分得了土地、牲畜、农具，自己当家作主，喜悦的心情难以言表。当地老百姓唱"一九五二年，来了个土改团……"其他的歌词记不清了。

童年往事，记忆最深刻的有：当时由于弟兄们多，家境贫寒，衣不遮体、食不充饥，生活是相当困难的。因年幼，加上口细（爱挑食），一日三餐都是洋芋、石磨磨的秕谷子面做成的谷面棒棒，吃起来非常扎舌头，不吃吧，饿得慌，吃吧，咽不下去，实在是犯了难了。

一晃就到了1956年，也就是我9岁那年，上了小学，学校校址比较远，要翻越一座山才能到学校。我同村一块上学的伙伴有吴天良、吴润有、吴望生等，我村地理环境是坐东向西，我家居住在半山上，他们几个在下庄居住。早上七点左右上学的时候，他们几个上来，喊我，我马上出门上山，翻过山，下山就到小学了。

还记得小学的教师有吴民山、牛耀星、刘守仪等。吴民山在1958年"反右"时，由于"历史问题"在腊月二十三上吊自杀身亡，当时学校的同学们也感到震惊。不知是谁造谣编了顺口溜：腊月二十三，吊死了吴民山；腊月二十二，吊死了刘守仪。同学们偷着传顺口溜，觉得好玩。

1958年，全国建立人民公社，开展"大跃进"，甘肃搞引洮工程，搞大炼钢铁，全村的青壮年劳力全部外出。由于国家经济困难，科学技术各方面跟不上，引洮工程最终下马了。对陇中干旱地区的人民来说，之前的设想非常伟大，非常盼望它成功。

当时的小学是四年制，在四年的时间里我学习也不用功，有时还逃学，所以也没识几个字。到了1959年后半年，小学毕业，我考入了高小五年级。村里考入高小的人为数不多，我们村只有我和吴润有考入了高小。那时实行食堂化，为了巩固学生的入学率，上了学的孩子由食堂发给口粮，不上学的不给口粮。

高小所在地是以前的乡镇所在地，村名叫老街。1959年后半年，我和吴润有作伴上了高小。当时家里还是很困难的，收拾了很简单的铺盖卷，到食堂打来口粮：有秕谷子磨成的谷面，一天按半斤分配；有洋芋。自己准备锅、碗、勺子、盆，油、盐。

每个星期日下午，我们两人背着全部生活用品赶往高小。路程有10公里多，因当时年龄小，到学校总是满头大汗、浑身无力，感觉非常累。晚上还得自炊晚饭。第二天正常上课、写作业、学习，日复一日，到了星期六的下午，又是步行回家，周周如此。

每星期回家一次，在学校自己做饭，各方面感到困难重重。当时学生很多，得排队做饭，先抢锅灶，用柴火做饭，屋子小，烟熏火燎，一把鼻涕一把泪。手里的面是一周的定量，要把握好每一顿饭的用量，不然面不够吃，后面的日子就要挨饿。

记得有一次为了充饥，灶房旁有个旧厕所长着一种叫灰荞叶的植物，我们拔了一些做菜汤，喝下去以后全部吐掉了，吐掉再也没有吃的了，这顿就得饿着肚子。

第二年，也就是1960年，由于生活困难，当地的学校全部解散，从此我们告别了学生生涯。

在我的记忆当中，1958年后半年，当地农村80%的强壮劳力大多数开进"引洮工程"的现场，一部分去大炼钢铁。1959年春天，处于春耕春播的大忙时节，村里尽剩老人妇女小孩，无法耕地种田，很多土地荒芜没有种上庄稼，年底自然是人无干粮马无草，所以造成了1959年冬天到1960年春大的严重饥荒。

关于引洮工程，朱德委员长视察过。记得当时的口号是：洮河穿过华家岭，引到庆阳董志源。十年九旱的甘肃中部，苦甲天下。陇东万亩旱源及甘肃大部分贫困地区的人民群众，望水如望天上的星星一样难。人民盼望幸福水、救命水，但因为种种原因，引洮工程最后失败了。但人民坚信，实践是检验真理的唯一标准，只要是认真研究审定论证的项目，对国家人民有益、有好处的一切工程项目，迟早会实现。（编者注：引洮工程近年内已相继建成。）

少年丧父，投身集体劳动

转眼就到了1964年，这一年在我一生当中是最不平凡的一年，当时我虚岁17岁，还未成年。1964年6月14日，我父亲去世，终年54岁。对我来说，人生当中遇到了三不幸之中的"少年丧父"。其他兄长已分家，家庭里只有我母亲、我五哥、我妹妹。我五哥1965年12月参加中国人民解放军，在青海玉树服役。从此，家中就母亲、我、妹妹三人。当时农村走集体化道路，我母亲已经不能参加生产劳动，我就每天正常参加集体生产劳动，挣口饭吃。

当地农业生产四季分明，春季以春播为主，种田的时候，我们年轻人就背着粪斗儿，每天上地种田铺粪。大人赶着牲口在前面犁地，妇女往犁沟撒种子，我们年轻小伙子往犁沟铺粪。

从1964年到1974年，我主要的任务是铺粪、担粪。种田一般是早半天，种田铺粪那个劳累劲儿是无法形容的。铺粪就是挎上粪斗儿，装上粪，用木勺往犁沟里铺（撒）。铺撒越是均匀，越能让所有种子都吸收到养分。铺粪的规矩是这样，可我不这样。我创出一个新办法：刚上地，人力气大要大铺，最后人累了，留少量粪撒一下就行了。上地种不了几个来回，我就大声喊上了："铺粪的社员同志们，开始起风潮了！"伙伴们听到我的叫声，言语上不敢表示，但实际行动上都有所表现。不几回我们就把粪撒光了。

那时候年轻，在生产队调皮捣蛋顶撞干部、顶撞社员无所不为，生产队长每次看到我带头捣乱，气得瞪眼睛、龇牙咧嘴，但言语上也不好批评我。他批评了怕我顶撞，显得没面子，就忍气吞声不了了之。数十年后，我们生产队比我年龄大的兄长们常开玩笑，给村上的老少爷们提我合作化时期铺粪喊起风潮的事。铺粪起风潮，粪几下就撒完了，我们铺粪的人就来回空晃悠，种庄稼就成了儿戏。

每天早上种田铺粪，每天下午往地里担粪。铺粪担粪都是最苦的活，我们几个小伙调皮捣蛋，找机会打扑克、想办法偷懒贪玩，到了晚上无论如何要找到记工员记上当天的工分。

合作化时期，农民的劳动方式还是处在原始的二牛抬杠或二驴抬杠，扶犁的人一手扬着鞭子，一手扶着犁，跟在犁后面，还是很辛苦的。种田半天为一耖，二牛一人为一队。半天时间要种上半垧地。因为饲养员喂养的驴、牛骨瘦如柴，皮包骨头架子大，它们根本没有力气和精力来拉犁。看着瘦弱的毛驴，扶犁的人扬着鞭子在空中乱舞也不能打，主要用诅咒咆哮的方式，驱赶毛驴前进，所以半天的地种下来，扶犁的人喊得口干舌燥，走得筋疲力尽。

生产队的牲口全是"风摆柳"，大风一吹就能跌倒，每天种田就会隔三差五举行罢工。有时候毛驴实在没有了力气站立或走动，就卧倒在田地里，就跟高速路上汽车追尾一样，一对牲畜倒下，整个作业停止。大家全力以赴围上来进行抢救性的扶驴，扶来扶去，一折腾，驴虽起来了，但人更困乏了，想回家喝罐罐茶的欲望就越强烈了。

我那时候每天就挣个10分左右，早上铺粪挣5.5分。大人犁地半天挣5分，铺粪比犁地辛苦，多挣5厘。计工分的时候，每个社员都存在冒充虚报的现象。比如担粪三回，会说五回。每回根据路程远近不同，近的一回算3厘，远一点的一回算5厘，更远的还有一回算1分的，最远的一回算1分5厘。

平时农活不太忙的时候，成人一天就挣个8到9分，或者10分。农忙的时候，就挣得多一些。比如夏收开始，最忙的季节当地把这段时间称为"虎口夺粮"，干的活最多，流的汗最多，所以一天能挣个15分工，也就是一个半工。

赶集

合作化时期，劳动制度比较严格，社员要外出赶集或者走亲访友，都要向生产队长请假，农忙的时候队长绝对不给你准假，到秋季农活比较休闲一点，才有可能准假。有一年我和吴永禄先一天向队长请了假，第二天准备去陇西县云田乡赶集。当天晚上我得下山跟吴永禄住在一起，到第二天天发亮结伴去云田赶集。

当晚在吴永禄家里，老鼠蹦蹦跳跳唱大戏，折腾了一宿，我一夜未眠。情况是这样的：1960年，吴永禄家饿死的人多，他父亲、母亲、弟弟、妹妹相继离世，当时他家里就住着吴永禄孤单一人，生活还处于困难时期，衣食住行条件非常差。到了晚上，老鼠出洞，寻食造反；屋内潮湿，跳蚤非常多。于是连吵带咬，弄得我一夜未合眼。

约莫后半夜（那夜的月亮不太亮，加之当时农村根本没有记时间的东西），我确实忍受不住，但是吴永禄对这样的场景习以为常，他睡得特别香，我把他赶起来，我说："天快亮了，快起来咱们赶集去。"吴永禄睡得迷迷糊糊，一骨碌翻起来穿上衣服，背上事先准备好的干粮。去云田赶集得走一天，都要准备干粮，干粮也就是用石磨磨的小麦面烙成的馍馍，当时叫白面馍馍，现在看来，只能算麻面馍馍，因为面根本不白。

我们两个背着干粮趁麻糊子月亮往赶集路上行进，来到村里川下时，遇到了生产队巡夜的土、李二人。秋田收割后，因水分大，要在地里干燥一段时间，才能往场里运。川下一带的谷子已收割在地里放着。因为当时生活困难，怕有人偷，所以生产队安排人晚上巡夜。

深更半夜他们听见有人说话，就喊："干什么的？"我们说："赶集的"。他们说："胡说呢，午夜刚过，半夜三更赶什么集？"走近了，他们看到确实是本村人，就说："时间还早，在谷垛里睡一觉再走。"

大人会看天上的三星，能掌握住晚间的时间，听他们一说才知道时间还早。我俩就在地里休息。当时人们生活困难，到了后半夜，巡夜的人肚子里咕咕叫，要吃我们的干粮，我们不得不礼让，就让他们吃。干粮被吃得过半的时候，他们还要吃，我们实在忍耐不住了，就同时喊："老爷，刀下留人，还是要留我们一条活路呢！"

就这样发生了一件惊险的闹剧，真是"麻糊子月亮哄半瓜子，赶集的路上当了叫花子。"

籴粮

还有一次，也就是1964年后半年。虽说当地农民很困难，按挣得的工分分配粮食，全年分配的粮食，大部分留作口粮，省吃俭用节约用粮，但是还要拿少部分粮食在市场上出售，换些钱，用来穿衣，买油、盐、酱、醋。

出售粮食也叫籴粮。也是我和吴永禄相约为伴，也是当天约好，晚上住在他家。第二天发亮，我担着80斤小麦，吴永禄背着40斤小麦，一起赶往陇西县云田乡（镇）。我们要走30华里，赶到云田火车站，坐火车到武山县洛门镇才能籴麦子。没想到我们走到云田街上，被云田市管会的人发现了，一名叫李憨子的市管人员把我们的粮食没收，扣留封存到了云田粮管所。当时农民籴一些粮食，买生活用品，属于投机倒把、走资本主义道路，所以要割资本主义尾巴，实行市场管制。

粮食被没收以后，要有所在地公社以上级别单位开的证明才能拿走，不然的话，就按国家收购价每市斤0.13元收购，这个价格远远低于市场价。

当时我俩没有了法子，沮丧着脸、情绪低落，又饿又累，总算挣扎着回到了家，准备再想办法。

幸亏我父亲是新中国成立初期的积极分子，在世的时候，担任生产大队干部，公社的一些领导干部都熟识他。再一个农民出售一些农副产品，也不是多大的违法乱纪的事情。我思前想后了一番，第二天硬着头皮壮着胆子就去了公社，找到了公社副书记，向他说明了情况，书记二话没说，就给会计安排，给我开了证明。

又过了十来天的样子，我俩拿上公社证明又去了云田市管会，去找李憨子，李看了证明后，就领着我俩去粮管所顺利地把粮食领出来了。粮食拿出来时，已是当天下午，粮食不能往家里拿，家里等着用钱。但云田上火车去洛门太危险，要是再次被李瘪子发现逮住，那就"泥牛入海无消息了"。

这该怎么办呢？前头说了，我的粮食80斤，吴永禄的40斤，我们商量继续结伴同行，步行20华里从陇西北站上火车去武山洛门。从云田粮管所取粮食时我没有拿扁担，80斤粮食只能背。另外，我拿得多，吴永禄拿得少，如果互相帮助，趁夜色应该不太吃力就能到达陇西北站。但是情况不是那么顺利。

我一直凭着一片好心与吴永禄结伴而行，公社开证明也是把两个人的粮食都开在了一起。如果不是我父亲的关系，他无论如何是开不出证明的。但是，夜幕降临后，我们一出发，吴永禄就捣了个鬼，他说："你等我，我去前面找个人，快去快回，我回来咱们一起去陇西。"

我一直等他，等了两个小时，始终不见人影。这时我才发现情况不妙：我遭人抛弃了，上当受骗了。

这可如何是好？没办法，只能冒险，独自一人在伸手不见五指的黑夜上路。80斤麦子，前面40斤，后面40斤，驮在肩膀上，顺铁路徒步，一路向南，朝目的地陇西北站进发。

我们当地农民，上长途运东西，习惯使用扁担挑，三十里、五十里、百八十里，挑起来，用两肩转着担，就是累一些，还是可以上长途的，但80斤东西驮着走就非常吃力。

顺着铁路走，铁路上有道渣，夜深人静，伸手不见五指，走起来老绊脚。前方有两道河湾，如果白天看得见的话，顺铁路桥走比较平稳，不费劲。结果当晚漆黑一团，误走进了河湾，上下爬坡，这样一折腾，已经是筋疲力尽。实在没法子可想，正在上河坡休息的时候，顺铁路走来两个担粮食的甘谷人。此时已是山穷水尽，我决定求援。我说："老哥，行行好，看在我可怜的份上，我实在驮不动了，能不能请两位把我的粮食背一下，我把你们的粮食担子担一下，一起走一段路程，可以不？"

他们扬长而去。后来我一想，那是不可能的事情，半夜三更，互不相识，怎么能讨得来陌生人的援助？

这时，我再也无法站立起来。昏沉沉，昏睡了过去。那时候是秋季，到了后半夜三四点的时候，一阵凉风吹来，我在睡梦中惊醒。擦擦眼睛，还是漆黑一团，什么也看不见，朦胧中辨不出东南西北。结果是猛然间看到了信号灯，才想起来可能是陇西北站北道叉的信号灯。这时候精神上一下子恢复了许多，心想看见了信号灯，路程应该不远了。所以就重新振作精神，努力向车站前进。时辰不多，就到了车站站台。

放下粮食休息不过几分钟，开过来了一列慢车。我正准备背起粮食上火车，真是万分巧合，离我最近的一个车窗突然打起，随即传出吴永禄的喊声："你在这里快上车，不要走车门。"

我们俩就从车窗连拉带举把粮食拉上了火车，随即他连拉带拖将我也拉上火车。小车站列车停车几分钟，关上车窗，列车开启。这一夜经历了人生最大的磨练，在不幸中有万幸，逢凶化吉，顺利地到达了武山洛门。第二天粜了粮食后，返回家中。

吴永禄在云田把我支开以后，他可能趁夜色藏了起来，后来在云田上了火车。他"做贼心虚"，上车后还是惦记着我，最大的希望是在陇西北站看到我，不然我走丢了，他回到村里也不好向我家里人交代，好在在陇西北站真的遇见了。

吴永禄这人在我们同村伙伴中，自幼诡计多端。他的童年生活也是不平常的。1960年，生活困难时，他15岁，他的父母、弟妹相继都饿死了，只剩他孤身一人，过着孤苦伶仃的日子。白天参加集体生产劳动，晚上回到家中，一切都要靠自己料理。

洛门之行，我大大地受了一骗。对这事，以后我问过多次，他就是不说实话。原因很清楚，不过是因为我拿的粮食多，他拿的粮食少，一同去陇西北站，怕受苦受累连累于他。云田临行之时，他要了心计欺骗了我，我太老实上了当。上当不要紧，但是那晚的徒步背粮给我的身体造成了很大的损伤。

洛门之行回来，由于劳累过度，不久就发现了湿性胸膜炎，胸腔积水，将心脏压迫到右胸，胸液压迫肺部，呼吸十分困难，不能仰面睡觉，只能侧身睡。一开始采取西医治疗，胸液满了用针管抽取，过一段时间就要去医院抽水。这样反复几个月治疗，没有根治。原因是西医治标不治本，只能抽取，不能堵塞根源。后来通过亲戚朋友介绍得知，陇西县当地有个名医叫赵何天，懂中医，我就向他求医看病。从闫家湾到他家有30华里的路程，每次看完，开三副中药，药服完了，又去看，这样往返时间长达三四年光景，总算发挥中医治本的效用，通过调节脏腑功能，堵塞了来水根源，加之有消炎药物，经过几年的治疗，病情基本巩固，慢慢恢复了健康。

同年同月生

1965年冬，我五哥参军，家里只有我和母亲、妹妹，生活过得十分艰难，加之那次陇西之行，驮粮食引发了急性胸膜炎，从此体弱多病。既要参加集体生产劳动挣工分吃饭，又要治病，医药费无着落。那段时间度日如年，实在煎熬。东拼西凑，欠债，病也得看，再困难也得生活下去。

1966年，我虚岁二十岁，在当时农村的习俗，到了谈婚论嫁的时候了。少年丧父，孤儿寡母、无依无靠，家境贫寒，婚姻大事该怎么办？男子长大成人，到结婚的年龄段，最操心最担心的是自己的父母亲。我母亲每天逢人就念叨我的婚姻问题。我自己也意识到，贫困地区的农村青年婚姻大事都在犯难。我们村里好多大龄青年都未成婚，当地老百姓也常说这样的俗话：千里姻缘一线牵。

就在这年正月十五刚过，十六日吃过早饭，我到村里串门子去了，晚上我回家，家里来了一位女子。我母亲述说了她的来历：她家住在同县一个叫涸涝村的地方，17岁时由父母包办许给邻村的人家，她不同意，父女产生了矛盾。加之她的可可结婚时间不长，她的嫂子也不太归顺，时间长了也就产生了磕磕碰碰的事情。这样的情况，家里也就不能长期待下去了。她就产生了离家出走的念头。

她在1966年正月十六日早上离家出走，原计划去投奔渭源的姨姨家，结果她走到我家南面去陇西的大道时，迷失了方向，翻北山过一道湾就到了我家，当时她又渴又累，我母亲做了面汤，她吃完以后说了自己的情况。我母亲向她说明了我的情况。第二天我们双方见了面，没有什么疑问。

过了十来天，他哥通过打听找到我家，把她带回去了。我母亲托人说媒，促成了我们的婚事。

她叫刘贵兰，不但和我同岁，还和我是同年同月同日生人，都是1947年农历11月16日出生，这也算是巧合，当地老人听说后，认为这是一个奇迹，他们预言：贵人生贵子。

我们结婚后生了三男一女，算不上贵子，但都是认真做事、积极向上，服务社会的人。

赤脚医生

1967年，毛主席提出"把医疗卫生工作的重点放到农村去"。为了响应毛主席的号召，县卫生局计划在全县境内分四个点，举办赤脚医生培训班。我所在的生产大队党支部研究决定派我参加，培训班的学杂费、住宿费、伙食费，一切费用自理。当时家庭生活很困难，在物力财力精力时光方面付出了很大的代价。

二三月份，我就跟学生上学一样，背铺盖、行李、馍馍、面、洋芋、做饭用的柴，走30华里路去上培训班。培训班的地点在一个镇子上，那时候没有中学生，只有农中一个班。学校的情况，有教室、宿舍、食堂。食堂大师姓崔，是本地人，他用学生带来的面、洋芋、柴做饭，学员中午和晚上按定量打饭用餐，一天吃两顿饭。

培训班的老师有中医大夫、西医大夫，还有政治教员，培训班课程安排、作息时间都由政治教员全权负责。培训班和学校一样正常上课，每周六放学回家，每周日赶去学校。

中国的中医中药理论程度深，我只有小学文化程度，学历有限，感觉很难。学习中医中药知识，也是人生当中学习一技之长的机会，机不可失，时不再来，我想办法克服了种种困难，投入到学习中去。

学习中医药理论知识大多数都是死记硬背，一开始，老师就给我们讲：如果在学习的过程中理论知识背诵得不熟练，临床实践当中就很困难，遇到一个病人怎么辨证施治？怎么给病人开处方？那就"书到用时方恨少，车非经过不知难"了。

就全国来说，所用的中草药有数千种，起码北方常用的几百种要背诵得滚瓜烂熟，只有熟悉每一味中草药的性味、功能、产地，才能入门。比如甘草歌诀：甘草甘温，调和诸药，炙则温中，生则泻火。黄芪歌诀：黄芪性温，收汗固表，托疮生肌，气虚莫少。

熟悉药性后就要熟悉汤头，比如补气用的四君子汤，歌诀是：四君子汤中和义，参术茯苓甘草比；益以夏陈名六君，祛痰补气阳虚饵；除却半夏名异功，或加香砂胃寒使。

四君子汤歌诀里边，叙述得很清楚，就是人参、白术、茯苓、甘草，加上半夏、陈皮就是六君子汤了。有气虚及肾病的病人就开六君子汤服用，就会好转。

还有望、闻、问、切都要熟练掌握。望闻问切当中切诊就是切脉。切脉，我所学习的是李濒湖《濒湖脉学》体状诗、相类诗、主病诗，共27脉，全部要死记硬背。如浮脉体状诗：浮脉唯从肉上行，如循榆荚似毛轻，三秋得令知无恙，久病逢之却可惊。相类诗：浮如木在水中浮，浮大中空乃是芤。拍拍而浮是洪脉，来时虽盛去悠悠。浮脉轻平似捻葱，虚来迟大豁然空，浮而柔细方为濡，散似杨花无定踪。主病诗：浮脉为阳表病居，迟风数热紧寒拘；浮而有力多风热，无力而浮是血虚。寸浮头痛眩生风，或有风痰聚在胸，关上土衰兼木旺，尺中溲便不流通。

光浮脉就有这么多，杂乱繁复，形象、主病都要一一背诵熟练；其中有些字义理解不来，要掌握要领，它的难度之深可想而知了。不过那时候，尽管文化低，但是学习的积极性还是很高。

除了文化课，我们还有文娱活动。文娱活动除了唱革命歌曲外，农中班有一个同学叫高明，笛子吹得非常好，板胡也拉得非常好，每天下午四五点，课上完以后，大家都听高明的笛子和板胡表演，这是最快乐的娱乐活动。有时候，还会打篮球，因为中学建在半山腰，没有操场，要下山坡去小学打篮球。我们有时候还和公社其他单位比赛，不过每次比赛都以失败告终。因为赤脚医生培训班的人都是农民，年龄偏大，运动起来不那么灵活，大家全当锻炼身体。

学习赤脚医生，一共学了两年时间。1968年寒假放假，我就毕业了。

我们这次参加培训是县卫生局统一计划安排的，毕业以后，县卫生局行文分配大家到各自所在大队卫生室当赤脚医生。参加培训两年，虽然在医学知识方面，学了一些理论知识，但做任何事情，"实践是检验真理的唯一标准"，这就要靠老医生带我们进门。在老医生指导下，打针、开药方之类的，时间长了自己才能积累医疗知识和经验，也只有这样积累了经验，群众才会认可。

我所在的生产队，医生、司药员对我的到来非常不欢迎，时时处处排挤我。这样有名无实地在生产大队医疗室维持了两年。后来，大队书记发通知辞退了我。告别赤脚医生岗位，对我思想打击非常大。自费花了很大的精力所学到的东西没能继续派上用场，内心感到十分内疚和惭愧，像是做错了什么事情一样，感觉愧对家人和教给我医学知识的恩师们。

我一生当中付出最多的是学习中医知识。我们这一批参加学习训练的人员，全县总共有几百名，都是县卫生局统一发文安置在各自所在的生产大队卫生所。大多数都在本大队当赤脚医生直至离世，像我这样中途被辞退的是极少数，我感到终生遗憾。

不过我在生产大队当赤脚医生的几年，把自己学到的一点浅薄的医疗知识，还是很好地派上了用场。能够对农村的常见病、多发病，如伤风感冒、头疼脑热、肠炎、痢疾、霍乱、吐泻之类的病，进行治疗。在那段时间里，是很忙碌的，不管白天黑夜、刮风下雨，只要有人求我就要应，每天走村串户到各农户家为大家服务。

那时候响应"为人民服务"的号召，从来没有考虑过待遇方面的要求。1970年代全国实行物价统一管理政策，全国的物价不论商业还是卫生部门的医药价格，都实行国家统一定价。我从生产大队卫生所领的药都是按零售价结算，我给病人治病用药也是按零售价结算。针剂给人注射后，收一角钱的注射费，其他按规定结算，来不得半点的含糊，每月领6元人民币的工资，那比起普通社员群众就已经显得很强了。

我们的地方偏僻贫穷，民间也没什么厉害大夫，由于条件限制，我学来的医疗技术，没有在实践中得到更好的长进。但是我一直喜欢干这行，改革开放后，我所在的生产小队和原来的生产大队分成了两个不同的行政村，我一直坚持干赤脚医生，给我们社里的农民看病打针，谈不上救死扶伤，至少能解除他们的痛苦。不论深更半夜还是麦黄六月，只要谁家有人生了病，来叫我，我都会去诊断治疗。

附近的几个村常有人请我给他们打针。临近我们村有个生产队，当时他们属于另一个生产大队管。那个生产队有一个叫田树林的人排行老二，乳名也叫老二。他母亲患慢性病需要长期打静脉针，他就请我给他母亲打针。一天打一针，我每天过河上门给田树林的母亲打针，断断续续持续了两年多时间。每次我去她家给他母亲打针，他都会在大门外迎接我，就像是接待上宾一样。进门以后先给老人家打针，打完了，他还要热情招待我喝茶吃饭。长期给他家老人打针，我们成了好朋友。每次去都要拉家常，无话不谈，无话不说。

合同工

在生产队干农活总感觉不起劲，不想干。70年代初，有去靖远修白宝铁路的合同工招聘信息，我就报了名。于是当上了建设白宝铁路的合同工。

那年7月份，我背上铺盖，到公社坐汽车。全公社去了80人左右，有两辆拉货汽车，每车40人，经过甘肃会宁县，到靖远黄河渡口，经过轮渡过黄河，每只船装渡两辆汽车，人下车在船上一起渡河，过黄河再坐上汽车到白银市戈壁沙滩。下了车就到住地，全部是土窑，一个窑洞住四个人，伙食由连部办理。

白宝铁路是白银市—靖远宝积山煤矿的铁路。合同工是由我们全县各公社人员组成的，统一编制，叫民兵营。民兵营下设连部，我们公社的人被编在六连，每个公社两个排，我编在四排十班。

白宝铁路是1958年开始建设的，已是半成品，1959年苏联专家撤走后停建了，这次属于重建。到白银我们是建设路基的，也就是土路。我们在半成品路基上开挖土石方，挖山填沟，筑成了路基，每天跟石头打交道，当时我20多岁，装车运石，感觉很累。

伙食每人每月52斤粮，30%的杂粮苞谷面。每顿饭有馒头，煮白菜、洋芋、茄子，当时去不习惯，又吃不饱，之后就习惯了，每天工作11个小时，早班晚班，中午统一用午餐。

我们六连四排共40人左右，排长是我们邻村的，关系很好，称兄道弟，各方面都对我有照顾。

我们一同去的合同工，我还是比较识字的，经常给工友们代写家信，早晚学习我给大家读报，他们家里人来信都是我念给他们听。工友们有的称呼我老闫，有的称呼我闫哥，有的称呼我闫爸，他们对我都很尊敬，我们的关系处得很融洽。

当时的工资情况，合同工的合同是和生产队签的，我们每月挣60元，按四六分成，60%寄回生产队，也就是36元钱，顶30个工分，然后参加生产队分红，也就是在生产队分粮食、分口粮。

当时，我们把家里的粮食拿到公社粮管所，转一个手续，不论到什么地方，国家粮食是统一调派的，本地交粮，异地就可以买口粮吃了。

白银市是一个工业城市，是1958年国家在戈壁滩上建立起来的。主要生产金、银、铜，有个冶炼厂，烟筒高入云霄，在30华里外都能看得见冒烟。每逢星期（周末）我们都去市上见世面。有火车专列昼夜不停地给冶炼厂运矿石，火车到站自动卸矿石，在地下自动运给厂区去了。工友们全是乡巴佬，这样算是开阔眼界，见了世面。

白银市全部是工业区保密厂，我们到市上就到处溜达，有一次有几个民工溜达到人家保密厂大门里面去了，被厂区站岗的看见给扣留了。厂区给民兵营打电话，民兵营责令六连领导到厂区去领人。人领回来后，连、排两级向民工们实行宣传教育，一再强调下次到市里去的时候，千万不能误入厂区，以免造成不必要的麻烦。

在白银干了四个月时间，这一段铁路路基工程完工，就要往东搬工地，我们在白银坐汽车，到靖远红咀子南渡黄河，渡河后就在黄河南岸，靖远县红咀子村住了下来。住的依然是窑洞，民工住在山沟，从沟口出去，地势比较平坦。民兵营驻扎的红咀子还有商店、临时医疗诊所，比起那白银的戈壁滩，条件要优越一些。

我们六连住在黄河南岸，白宝铁路在红咀子要跨黄河，我们去的时候黄河铁桥桥墩已建成，据说桥墩是1959年前由苏联专家设计建设的，中苏关系破裂后，专家撤走，我国缺乏技术和资金，被迫停建。此次六连承建的任务是挖山垫黄河铁桥南岸路基。

在靖远红咀子干了两个月左右的时间，到快过年的时候，工地全部放假回家过年。

过了年，开春又返回工地，仍然是拉架子车，挖山填黄河桥南路基，吃住依然。每天还要进行思想政治学习。排里开会学习，除排长讲话以外，还是我给工友们读报纸。

排长对我关心照顾，有时把我留在住处，让我在崖墙上挖几个字，像"提高警惕，保卫祖国"等，作为我排的墙报。

当年冬，白宝铁路全线土石方垫路基工程竣工，铺轨工程由兰州铁路局担任，留少部分民工协助工程队，民兵营撤掉80%的民工回家了。

过完年，一开春就又开始参加集体生产劳动，到了后半年，又来了兰州铁路局招收合同工的消息，我又在生产大队报了名。

这一次，去的是景泰。到达兰州车站，当天夜里坐上开往包兰铁路甘肃景泰段狼抱水车站的火车，午夜时分到达兰州铁路局第四工程队三分队，简称兰铁403分队，他们承担包兰铁路狼抱水车站的扩建任务。

甘肃景泰和白银一样，尽土丘，没有大山，也没有大树。工程队全部住帐篷。老工人四五个人住一个帐篷，我们合同工十来个人住一个帐篷。冬季烧煤炉子，一般被褥一盖是很暖和的。帐篷都是用牛羊毛毡做成的，防水保暖。这里风沙比较大，有时下起雪来，风一吹就把雪吹到被子上面，因为窗户不够严实。

伙食问题，工程队有食堂。照例，来之前要在当地粮管所把粮食手续办理好，也就是转粮问题。每月定量52斤面粉，30%的粗粮，一日三餐，早上馒头稀饭，中午和晚上馒头炒菜，有时是面条和米饭，比靖远民兵营要强得多。

我们每天8小时工作制，和老工人一起干活，干的活就是加长涵洞，给车站修站房。生活劳动学习都是和老工人在一起。每天还是要坚持读报纸和学习资料。每天上班前，坚持学习一个小时，每天读报纸的工作，老工人烦得没心念，合同工没人会念，推来轮去还是我每天念报纸给大家听。

在狼抱水车站干了四五个月，车站建成，又开始搬家了。我们一部分前边走，坐火车到兰州市，住在七里河区工人文化宫，也是住帐篷。不过开始过上城市生活。这次兰铁403分队承建的兰新线搞复线建设，我们在兰州下西园—五泉山打隧洞。

这次工程我一共干了一年左右。这次招工一起去的还有县里城关公社40人左右，我们公社40人左右。我们干活老实，给工程队留下的印象很好。工程队计划合同期满以后，将80%的合同工人转为正式工人。最后，城关公社80%的人转正，我们公社的书记不给工程队人，说要抓农业第一线。所以我们公社的合同工只留了四五人，其余全部回家。

农村老人常说，人生一世，福禄寿喜，一切都是命中注定。我自幼羡慕铁路工人。1963年有人介绍到列车上当列车员，当时我16岁，见人不敢说话，当列车员要求到每个车站要给旅客报站名，提醒旅客下车，自己想了想不敢去。我父亲说我年龄小，也不想让我去。结果这样好的机会耽搁了。这一次当合同工，我们公社书记不放人，结果良好的机会又丧失了。

当铁路工人与当农民是天上与地上的差别。多少年后，我常在睡梦中梦见自己在铁路上和老工人一起干活的快乐场景。机不可失，时不再来。这次当合同工回来，死心塌地当了农民。地区贫困，家境贫寒，上有老下有小，艰难困苦度过了大半生。现在生活条件好了，可人生七十古来稀，今世的时光也不多了。

拖拉机手

1974年国家提出农业学大寨，提出科技下乡，提出全国实现农业机械化，我们生产队也不例外。当时，我们生产队是公社农业学大寨的试点生产队，也是先进生产队，全公社来了两台手扶拖拉机，就有一台配发给了我们生产队。

有了拖拉机，首先要培训拖拉机手。县农机局举办拖拉机手培训班，闫家湾生产队当时公社包队领导和生产队长研究决定，由社员曹爱国去参加，培训时间一共40天。曹爱国是一位复员军人，脾气很犟，学习了20天，顶撞了农机教练师傅，被培训班开除了。

曹爱国回来以后，公社包队干部和生产队长感到茫然。经过研究，决定马上让我再去农机培训班学习。接到通知后，我感到很高兴。在偏僻农村当一位拖拉机手，是一件很不容易的事，也是很光彩的事。所以就马上准备铺盖、行装，第二天一早赶去百公里以外的另一个公社参加农机培训班学习。

到农机培训班后，吃住全是免费的，但是感到自己肩上担子有千斤重。因为培训时间已经过半，我既要学习当天的课程，还要补学前20天的课程。我起早贪黑，不分昼夜抓紧学习，背、记。当时我28岁，记忆力还可以。理论课一共一月时间，其余时间实际操作。

训练班结束时，要进行理论考试。理论教师叫柳树文，陕西人。理论考试题目由他写在黑板上，学员抄写答题。答完了交卷，由柳树文老师验卷给分。培训班40人，我考了第二名。发完试卷，柳树文老师对我刮目相看，很赞赏。

1974年4月我参加农机局主办的农机培训班，7月份公社通知我们队去县城接回手扶拖拉机。

那时候县农机局进来的手扶拖拉机共三种，马力一样大，都是195柴油机配代马力。分别是上海产手扶拖拉机、常州产手扶拖拉机、兰州产手扶拖拉机。三种拖拉机价格都一样，都是3588元。购置方式都是80%贷款，20%生产队承担。贷款手续是生产队会计办理的。我们拿着贷款手续和其余现金坐班车到通渭县农机局去接车，但车未到。我们住了一夜第二天就回家了。

过了一段时间，公社农机站告诉我们说车来了，第二次接车我一个人去。当天下午就从县农机局把车接出来了，住了一晚旅店，第二天上路。因为技术不熟练，操作失误造成了很大风险，十分危险。

从县城出来时是川道，要上山过河，当时没有公路桥，淌水过河，河水不大，过河比较容易。但是，过河上河坡，拖拉机灭（熄）火了。因为没有及时踩刹车，拖拉机发生倒退。幸亏崖边有一堆沙垫住了车轮没有掉下崖。在惊慌失措的情况下我又发动起拖拉机，继续上路。上了山，走到第一个转弯处，向右转，两眼只顾看右前方有没有来车，没注意左边是陡坡，反应过来时，拖拉机已经冲出路面，从坡上掉下去了。不知怎么回事，拖拉机停住了，也没有翻车。连震动带惊吓，当时我六神无主，胸肋部位受了伤，疼痛了半年。那次事故造成了我一生失眠的毛病。

休息了好一阵，我检查了一下车辆的受损情况，并无大碍。只是拖车连接部位有些螺丝被震掉了。我不敢继续上路，又返回县城，住了一夜，第二天配了螺丝才往回走。一起出发的还有我们公社另一个生产队的机手。出发没过多久，他就没了影子。可能他很早就到了公社。我是下午三四点到的公社农机站。当晚在农机站和别人挤在一起睡了一夜，第二天才回村里。

我开着手扶拖拉机回村时，沿途干活的群众都跑来看，当成新鲜事物。在快到闫家湾的地方，在地里干活的曹爱国看到我，跑过来强行上车，拉住离合就要开。我让给他，他开着进村。村里人都觉得特别稀奇。曹爱国学习拖拉机驾驶技术，半途而废，看到我学成了开车，他眼馋，也过了一把瘾。

当时，闫家湾所在的生产大队共有11个生产队，但拥有拖拉机的只有闫家湾一个生产队。当时手扶拖拉机对于农村农业生产来说有很大的用处，如碾场、拉运肥料、运送农作物等。当时村里没有通电（我们村直到2003年才通电），手扶拖拉机上两只15瓦的灯泡还能配上大用场。我们地区每年过春节都要耍社火，我们村有一年招了临近8个村庄的秧歌队。当时人们照明都用洋麦秆打火把，烟熏火燎容易引发火灾不说，还污染环境。当天队长和我商量，想利用拖拉机上的柴油机发电照明。

秧歌表演的舞台选在原地主的大庄院门口，我把拖拉机的柴油机卸下来抬进地主家的南房，接了电线到舞台。柴油机放在屋子里关起门避免了噪音。有了灯泡照明，那晚的社火玩得很开心。

我们村成功举办社火以后，附近一些有拖拉机的生产队举办社火会或者唱戏，都学我的办法，用柴油机发电照明。

我的村庄距离陇西县城60华里，所以当地人做买卖，赶集都去陇西县。我们的生产队长对外界的交往很重视，也很频繁，于是队里给我配了一名助手，常年跑外运。以我们的村庄为圆心，我主要跑南面的陇西县文峰镇，甘谷县，武山县洛门镇、滩歌镇以及北面的县城。

陇西县历史悠久，是陇中最繁华的县城，也是陇中的枢纽和旱码头。1970年代以前，当地人都是步行去陇西赶集，用担或者背的办法运输。鸡叫时起身，中午前到县城，把农副产品换回现金，购置自己需要的日用品。下午四五点返回，到家已是夜深人静。1970年代后期，当地有了人力车（也就是架子车）、自行车，大家合伙结帮用人力车拉运农产品，比肩扛背驮要轻松许多，自行车一个人骑一辆，也能捎带搞运输。

我们全队社员出售农副产品，像鸡、鸭、猪、羊、粮食、粉条、鸡蛋等，全都是我们开着拖拉机捎带完成。只要我们有去陇西的任务，大家就会提前和我们预约，先一晚把东西拿过来，我给每一个袋子编号，再写上本人姓名，装好车，第二天天亮就出车赶往陇西，到了自由市场，我们就一份一份地出售，卖完农产品，再按姓名编号做好登记，有的拿回家交给主人，有的还要帮主人购买油盐酱醋茶等日用品。回家后，再给每个人报账，说明情况，一年四季如此这般，这般如此。生产队社员一般不能请假，他们也没有交通工具，所以都委托我，我成了大家的办事员。

去陇西粜粮食，拖拉机每次能拉一千斤到两千斤。每次去，时间紧任务重，有时候时间太紧，粜不完大家的粮食，还得找地方寄存下来，第二次去了再帮忙粜。这种帮忙完全是义务的，不计报酬。

有一次去陇西粜粮食时，拉了两千多斤，当天没有粜完，我就寄放在了陇西城渭河边我堂姐家里，数量有八九百斤，

崖边·吾乡吾民

有小麦、扁豆等。每个口袋上都写有粮食主人的名字。那次回到闫家湾，我好久没有去陇西，再去时已经过了两个多月，这次粮食的主人都请了假跟着去，各粜各的，但大家各认各的粮食时，发现少了一份。是一口袋扁豆，将近150斤。我四处打听，没有结果。

粮食丢失，让我非常尴尬。当时没有办法，也就不了了之了。那时候大家都困难，我也没有能力为他赔偿。这事过了半辈子，每次想起来我都很难受。我猜想，主人应该会有三种猜测：一种可能是我贪污了；另一种可能是我堂姐贪污了；第三种可能是被闫家湾其他人冒充主人粜掉了。我开拖拉机六年多，从未出现过这种事，不论到底是谁搞掉了粮食，这确实是一件遗憾的事情。

去武山，一年要十几趟。武山是盛产山货的地方，我们在武山购置的农具多达几十种。像农具上的犁辕、装物件的竹筐、背篓，以及簸箕、筛子、木杈、金杈、扫帚等，全部从武山往回买。还有建房用的檩子、椽子也是从武山往回运。

常年跑甘谷、武山，难免磕磕碰碰。甘谷、武山人都喜欢练武，这两个县现在还是全国武术之乡。加之陇海铁路从他们家乡通过，他们当地很多小孩子都会扒火车，走南闯北，练得一副好身手。我们祖祖辈辈封闭闭塞，窝里蹲。我们是敌不过人家的，所以我们去武山通常是奉行"惹不起躲得起"的策略，再则，出门在外，遇到事情只能躲着走。

有一次夫滩歌卖洋芋，那时候我们生产队种洋芋，采取芽栽技术。一般会将预留的洋芋籽种盖起来催芽，洋芋出了芽长到四五寸时，掰下来，当做苗子栽种到地里。这样做产量高，还改良了品种。据说长了芽的洋芋有毒，不能食用，不过这是我后来才知道的。当年粮食紧张，只要能吃的东西就是宝。生产队打发我们把掰了芽的洋芋拉到滩歌卖掉。那时候人们生活困难，我们把掰了芽的洋芋拉到滩歌当好洋芋卖，当地老百姓抢着要。当时一斤洋芋卖五分钱，有一位50岁的老头，非要四分钱买30斤不可，我们争论了半天，他威胁说不以四分钱卖，他就要把我们打一顿，当时我们没办法，只能卖了。惹不起躲得起。

还有一次，我去武山县滩歌镇卖发了芽的洋芋，当时拉了1000多斤，在一个村庄，当地社员在公路上设置了障碍，挡住了去路。我们只能停车接受检查，他们说要公社的证明，不然的话不让通行。可是他们也没有在公路上设置障碍、拦路检查的任何证明。汽车他们不敢阻挡，只敢拦手扶拖拉机。我们好说歹说求情说好话，他们就是不放行。那些人和占山为王、落草为寇、打劫抢道的山大王没有什么两样。

实在没有办法，我们只能把洋芋卸到他们阻挡我们的地方。天色已经不早了，如果要返回到我们的公社去开证明那是不可能的，我们只好开上手扶拖拉机去了滩歌镇。因为我们在滩歌镇卖过几次洋芋，认识一些人。我们到了滩歌镇说明了情况，他们听了很气愤。他们也比较仗义，二话没说，在自己的生产队开了证明，完了开上自己的拖拉机来到扣留点。那个拦路的村庄社员看到是武山本地人领着我们来取东西，而且还气势汹汹，再也没说什么话，允许我们把东西拿走。

那时候经常开手扶拖拉机外出，遇到的小麻烦确实很多，说不清道不完。有一次我开着手扶拖拉机去武山县洛门镇购买山货。到达时天色已不早，于是找旅店，那些小旅店都是私人开的。我们找到了一家杨姓的老太婆，她能说会道，一只眼睛有点问题，店里还设有佛堂，看到老板娘烧香拜佛，我们很是放心，就像吃了一颗定心丸一样，放心大胆地住下了。

住店一夜无事，但第二天早上我们起来时，突然发现拖拉机油箱盖子不见了。这真是应了那句老话，越是安全的地方最不安全，越是不安全的地方或许最安全。我们向老板娘反映了油箱盖丢失的情况，老板娘不慌不忙，满不在乎地说，她的佛很灵验。她来到佛堂前开始祷告：赶中午前盗贼一定要把油箱盖拿到店里来，否则的话就叫盗贼流血化脓。听了老板娘的祷告，我们半信半疑去街上买货，但中午买完货回来的时候，还是不见油箱盖子的踪影。

我们继续等，一直到晚上油箱盖并没有跑回来。没有了油箱盖，拖拉机不敢开动，我们又只能住在店里，等到第二天早上起床后，油箱盖子还是不见。没有一点办法，我们就在洛门镇农机站花了些钱，又买了一个油箱盖，开始返程了，一直到当天中午我们离开的时候，油箱盖一直没有出现。那个盗贼到底流血了没有？化脓了没有？我们不得而知。

有一年，公社书记、兽医站站长、信用社主任联合余预备口粮——苞谷，以上三位领导给我们的生产队长授意，我们的生产队长差使我去武山县城办理。同去的还有公社书记的儿子。

当时每年春季青黄不接的时候，口粮不够吃，不论干部还是农民，吃的都是国家的回销粮。如果还不够吃，就得自己想办法。公社书记的公子负责给他们家购进口粮。而兽医站站长和信用社主任把现金交给了我，由我给他们负责购买粮食。

我拉着书记的公子前往武山县县城，计划当天返回。时间紧，任务重。要采购1000多斤苞谷，顺顺利利也得大半天时间。我们采购的粮食都是武山县城的粮贩子从陕西运来的。武山位于陇海铁路沿线，他们那里的人做生意有头脑，根本不把我们北部陇中山区的人放在眼里。在他们看来，陇中山区的农民都是叫花子；做生意通常都是讨价还价，但是武山的商贩，没有给我们留讨价还价的余地不说，还在杆秤上面做手脚。这弄得我和公子哥手忙脚乱，因为秤的问题还差点出了事。

粮贩子中一位姓杨的女人，和我们书记的公子哥发生了口角，争执不下。书记的公子是一位退伍军人，好逞强。他为了挽回自己的面子，差点动起手来。我当时忙于看苞谷质量，突然听到声音不对劲，急忙转过头来，看见公子哥已经举起了巴掌要动手打人，我赶紧冲过去拉住了他的手。我好说歹说讲明了利害关系，公子哥才罢休了。在我的极力劝说下，风波终于平息了，公子哥忍气吞声完成了交易。

当时如果公子哥真的动了巴掌，那我们绝对就走不掉了。那些城里的粮食贩子会把我们两个人围起来，连我的手扶拖拉机都要被扣在那里，事情搞大了，我们真的很难脱身。

我常年开手扶拖拉机外出，非常清楚要谨慎从事，尽可能避免一切事端。这一次的争论虽然平息了，但我还是捏了一把汗。

除了运输，手扶拖拉机碾场很有优势，又经济、又快当。过去二牛抬杠拉着碌碡碾场，一个生产队的粮食得用三个月时间才能碾完，夏粮秋粮全部打碾完毕，都快过年了。手扶拖拉机碾场比耕牛快几十倍，我们不但给本生产队碾，还给四邻八村碾。

出外碾场、拉运东西，外队人都叫我闫师，出外的时候，生活要比在家里好得多。我们陇中地区有个风俗，凡是请进门干活的手艺人，都要认真招待，必须给予好吃好喝。来我们队里请求出车碾场的人，我们队长都要专门交代一句：给我们的师傅搞好伙食。请我们的生产队都会专门确定一户主妇心灵手巧的人家，汤饭自然烧得好，我们能享用到比在家里好得多的伙食。

每到一个村子，队长和全村老少都要集合在村口，迎接拖拉机进村。因为山区的孩子从来没有见过拖拉机，他们争先恐后挤着看。我们停好拖拉机，队长领我们到预先安排好的人家。寒暄后，我们就上炕坐定，先是端火盆生火喝罐罐茶。主人通常会烙好油饼子。油饼子下糖茶，是陇中地区农村招待人的最高规格。纯白面用胡麻油烙制的油饼，非常好吃。罐罐茶加冰糖，苦中带甜，喝起来非常有味道，也很解疲劳。喝完茶，主人的臊子面就端上来了，当地的臊子面是招待上等客人的。比如老丈人、老舅父等远道而来的贵客。一般的亲戚是吃不到臊子面的。用钢磨磨出来的上等白面擀出来的细长面条，煮熟，浇上肉菜炒的臊子汤，放上油泼辣子，吃起来很合口味。

吃喝完毕，就发动拖拉机碾场。碾的一般是小麦，队里人早上就铺在了打麦场。每到一地，他们都要加班加点，白天碾完了，有的还要下夜碾。拖拉机有照明灯，晚上碾场光线完全够用。夜晚碾场，村里的男女老少依然会站在打麦场旁的高地上，像看戏一样看我和拖拉机。直到夜深人静的时候，大家才休息。

打碾一般都在冬三月，通常这个队还没碾完，下一个生产队已经来人接我们了。

生产队的拖拉机还配备有收割机。运输、收割、碾场，我们给别的生产队干活，结算都用走账的办法。互相开便条，盖好名章，甲乙双方以凭条为证，结算收支。我拿凭条结算报账，也依据此结算工资。

总之，我给生产队开手扶拖拉机，前后五六年时间，每天早出晚归付出很多，也没有什么特别的回报，就是每天挣生产队的15分工分而已。我们拖拉机手的工资比其他社员要高，每出勤一天给我记15分工，其他社员挣10分，最高的挣12分。我们出差每天补助0.60元。

开手扶拖拉机一年四季都很忙。本队加外队，一年四季活不断。碾场在冬季，运输任务随时都有，除了前面说的上交公购粮，去外地籴粮食、拉木料、拉山货、拉化肥，农闲时节还要给地里运送肥料。当时农业学大寨，粮食上纲要千方百计找肥源，挖土墙，铲埂子梁烧生灰，搞绿肥，收集农家肥，都用拖拉机拉运。

不过，比起其他社员我相对轻松多了。当时政治运动比较多，生产队的批斗会也很多。有一位社员不点名批判说："有些人机器旁边转一转，不喘话，一块半。"意思是拖拉机手一天挣15分工太多了，对工分分配有意见。

义务修理员

我们县里进来的手扶拖拉机，共有三个产地：一是常州生产的手扶拖拉机，质量好，马力大，操作方便，它是当地进口订购的手扶拖拉机中的佼佼者；第二类是上海产的手扶拖拉机，质量是很好，但马力小，操作方面远不如常州产的手扶拖拉机；第三类是兰州生产的手扶拖拉机，质量差，操作起来不方便，保养耐用方面远不如前两者。给我们生产队派来的拖拉机，就是兰州产的。

兰州产的拖拉机主要是机件不耐磨不耐用，为了修理拖拉机，一年在外地购买零件也不知道要跑多少趟。农业学大寨，国家提出要实现农业机械化，全国农业机械生产厂家有限，形势所迫，兰州为了仿造常州拖拉机厂的S195柴油机，在兰州市东港区通渭路一只船街建立了兰州动力厂；为仿造上海产拖拉机的后桥，在兰州市龚家湾建立了兰州手扶拖拉机厂。因为新办的厂子，技术质量各个方面都跟不上，生产的机械就是不过关，问题多。

当时农业机械修理技术跟不上，农机培训班40天为一期，我只学习了20天，尽管毕业时我考了全级的第二名，但机械原理还是不精通。机械有故障就要请另外的师傅维修，我当时认识了一位陇西县姓袁的师傅。袁师傅是一位劳改释放犯，因政治问题在监狱服刑20年，一直在干机械修理，他的技术非常过硬。当时我的拖拉机柴油机出了问题，通过关系介绍，我就请袁师傅来修理，他给我们生产队修理拖拉机有两三年的时间。一来二去，我和袁师傅打交道的时间长了，也就懂得了一些机械常识。之后几年拖拉机一有问题我就自己上手修理，不再去请袁师傅。

我是我们公社最早的一批拖拉机手，由于开拖拉机时间长，再经过袁师傅名师指点，练就了修理柴油机的过硬本领。后来，很多村手扶拖拉机一有故障，就都来找我。柴油机拆装次数多了，即使把柴油机大卸八件，我也很快就能把它安装好。

　　包产到户以后，尽管我已没有拖拉机可开，但我掌握维修柴油机的技术，当地农户有一些私人购买了农机，一遇到问题，大家还是习惯请我修理。我是有求必应，但凡我修理过的柴油机，都排除了各种故障，从来没有半途而废的事情。长年累月、不分春夏秋冬给周围村社无偿修理柴油机，从来没有获得过报酬，我也没有为此感到遗憾过，相反，我觉得很踏实。那时期人们的集体主义思想比较浓厚，国家利用报纸、广播、电台大力宣传，提高人们的思想政治觉悟，大力学习英雄人物像雷锋、王杰、欧阳海等一不怕苦、二不怕死的革命精神。我当时就是受了这样的教育，整个80年代直到90年代，我一直都在给农户无偿维修柴油机，一心想着跟乡亲们处个好关系。

大干水利

　　新中国成立以后，国家一再强调发展农业，每年大搞植树造林运动，大搞水利建设，大搞农田基本建设。在我们甘肃中部旱区，大搞农田基本建设是很有必要的。当年我们生产队是全公社的农田基建试点生产队，全队30%以上的土地全部变成了水平梯田，水平梯田保水、保土、保肥，防止水土流失，高产稳产，确实造福于子孙后代，是一件大好事。农民响应国家号召，用自己的双手，改变了生存环境。

1958年，为响应国家的号召，我们生产队也开展了一项水利建设。大家起鸡叫睡半夜，战天斗地，逢山开路，遇沟架桥，硬是把村庄后山的一条小溪水，通过开凿人工渠的办法引到了村庄里。

　　当时开发渠道的时候，设备条件极差，用的是原始工具，大多数人用的是木锨取土，少量人用铁锨，那时候的铁锨都是铁匠打造的，使用起来非常笨重。用的镢头过长，用起来很费劲。这条河的源头水位正好比我们村庄高出一截，领头的人通过肉眼观测，确定了引水线路，在悬崖上开挖水渠带。由于土山渗水严重，大家就把别处的草皮挖过来填在水渠里，一片挨着一片，衬砌在水渠上，防止水流的下渗。经过渠水的滋润，草皮自然生长，保证了水渠的结实性。遇到沟壑的时候，就架上一些木头做成水槽。

　　开挖水渠，引水进村花费了一年多的功夫，把水顺利引进了村，解决了人畜饮水的问题。水积攒在村庄里，光人畜饮用根本用不完，当时还修了菜园子，种了各种蔬菜，浇水灌溉。渠水通了一年多，遇上1960年的生活困难，由于疏于管护，水渠失修断流。

　　1970年，水渠又重新进行了加固。结合国家植树造林的号召，水渠边上还栽上了柳树、杨树，在村庄里修了一个大水池。利用引进村的水源，整修了5亩左右的果园。栽上了苹果树、杏树、桃树、梨树、花椒树，园边路旁栽上柳树、杨树，增加了果园的景观美。果园里除了栽种经济林以外，还套种了蔬菜，主要栽种了包包菜、大白菜、韭菜、大蒜、大葱、向日葵、辣椒、茄子、黄瓜等。

果园到了春夏之交的时候，桃花、杏花、苹果花、梨花相继斗艳，万紫千红，绿树成荫，鸟语花香。在干旱的土地上，有了5亩地的江南风景，我们在劳动之余会成群结队去果园里散步。感觉精神倍增，心情舒畅。

当时提倡科学种田，实行"水肥土种密保工管"八字宪法。果园用水浇灌及时，瓜果蔬菜树木生长非常旺盛。果园中的苹果蔬菜，到了秋季收获的时候，时不时分配给各家农户。秋收，社员分到自己用劳动换来的果实，兴高采烈，拿回家各自享受。

果园种的蔬菜最有名的是包菜，最大的包菜一颗就有10多斤。当时，公社党委副书记在我们生产队蹲点，副书记看了苹果园中的包菜，非常高兴，见人就夸奖。有次公社召开三干会议，副书记作报告的时候，重点介绍了我们生产队引水建设果园，种出瓜果蔬菜，取得大丰收的事迹。

大搞水利和农田基建，农民吃尽了苦头。当时提出的口号是：大干腊月三十日，正月初一不休息。三九寒天不收兵，不停工，地冻三尺不罢休。群众顶风冒雪修梯田，每天早上5点上工晚上九点收工。生活上很困难，吃了上顿没下顿，都是谷子面，其他面一概没有。分一点、吃一点，磨一把、吃一把。一方面没有时间，另一方面，粮食少了不便于机械加工。只能在石磨上用人工推磨。

当时我们生产大队分两个战区大搞农田基建。全大队共11个生产队。第二战区修建梯田的地点就在我们生产队。这样，我们村的人幸运，上工收工都近。其他生产队的人可就辛苦了。记得邻村有一个社员叫雇宝娃，他饭量大，中午放工只有两个小时，吃饭时间不够，他想了个办法，用能装五六碗饭的瓦盆把饭盛进去，端着饭一边走一边吃，吃完了把瓦盆扣在路边，晚上收工回家顺手带回去。此情此景我亲眼目睹。

幸运的是，当时我在生产队开手扶拖拉机，没有参加农田基建工程。

甘肃中部几乎全是山坡地，地处黄河上游。建设水平梯田，能防止水土流失，减轻黄河灾害，能把坡地变成旱涝保收的宝地，是百利而无一害的事情，是造福子孙、有益万代的幸福工程。但凡造福子孙的伟大工程，难免苦了当代愚公。

在十年九旱的陇中地区，因为当地的自然条件差，气候恶劣，米面紧张，就连烧柴也是十分困难，70年代又要参加生产劳动，又要爬埂子捡柴火。由于小时候捡柴受苦受累，我养成一个喜欢栽树的习惯，我在房前屋后栽了很多树。我家房前屋后门前道路两旁，有了茂密的树群，夏天枝叶茂盛的时候，走在树荫下就像变了环境。外面的人到了我们村里，就能看见我家几丈高的杨树，非常显眼。

公社林业干部、大队干部到我们村里来时，看见我房前屋后栽了很多树，取得了一些小成绩。因为在整个公社也很难找到类似的人，他们就把我评为我们生产大队植树造林的模范人物，我还去县林业局参加了表彰大会，得到了奖励，奖品是一把圆头铁锹，还有一个笔记本。奖品很简单，但那是先进的荣誉。

聚散风云

合作化时期，人们的集体主义思想觉悟还是比较高，庄间邻居之间的关系搞得比较融洽。比方说，夏收夏运期间，全队社员全部调到一起劳动。中伏天收麦子，全队七八十人一字排开，争先恐后、生怕掉队。队长站在后面监督，谁要掉队，队长严厉批评。干到高兴的时候，三五人一组，四五人一群还可以比赛吼山歌。

如果在我们村干活，社员会邀请邻村的社员来家里吃饭、喝茶，如果在邻村干活，邻村的社员会邀请我们村的社员在家里喝茶、吃饭。那时候大家都很困难，家里的粮食都很紧张，但是，大家都乐于请乡亲们在家里午休吃饭。那年月的民风确实很好。有时候来了外地的生意人，我们村里人都会招待。

农民大都性格开朗，无拘无束，走在回家的路上，谈笑风生。社员们各有所长，爱好不同，但基本能形成共同语言，人与人隔阂比较少，人情味足。我们住在村子的最高处，在川道干活时，我妻子背着孩子，中午回家路途很远，来回一趟费力又耗时。村子下部居住的妇女大都邀请过我老婆歇脚，那种恩情我们一辈子都忘不掉。这种人与人之间人情味浓厚的记忆之所以深刻，是因为包产到户后，大家各忙各、各顾各，基本消失了。

喝罐罐茶是陇中男人的专利，也显现了男女不平等的方面。农民日出而作、日落而息，每天忙完了回到家，男人都开始生火喝罐罐茶，但是女人还得干很多家务。在陇中农村，女人的负担确实重。最苦的是农村小脚女人，晚上九点放工，走到家里一般到10点了。马上做饭吃，吃完就到半夜了。吃完饭还要洗锅刷碗，还要给猪鸡喂食，还要给小孩子喂奶，忙完了这些，还要准备第二天四五点的早饭。没有现成的面，只能半夜里用石磨推出第二天要吃的面。忙完这一切，晚上几乎没有休息的时间。

合作化时期，国家号召妇女能顶半边天，在广大农村生产生活的过程中，妇女们做出了不可磨灭的贡献，她们顶起的何止是半边天！

合作化时期，倡导一大二公，但人们生活困难，多多少少都会搞一些小动作，偷偷摸摸的事是再正常不过的现象了。春季妇女们的主要任务就是给庄稼除草。当时每个家庭除口粮紧缺之外，燃料问题也很严重，妇女田间锄的草一根不剩全部拿回家，晒干当作燃料用。夏季以夏收为主，那个时候是虎口夺粮，天气炎热，时间紧迫，大家搞不了什么小动作。但是秋收的时候天气渐凉，农活也就轻松起来。晚上收工回家的时候会搞一些小动作。偷一点粮食带回家，捡洋芋的时候总是想办法拿一些洋芋蛋。场上打粮食的时候也是想办法拿一些。这种事社员互相之间是有沟通的，主要提防队长、会计看见，被他们看见了就要挨捶。

合作化解散的时候，生产队成立了分散委员会，分田分地、分牲口、分农具、分房子，分散委员会每天举行会议，大家各自争先恐后抢土地、抢牲口、抢农具、抢房子，什么都抢。分散委员会的抢物资会议，一开始我连一次都没有去过。亲兄弟分家的过程中，争吵都是难免的，有的还会打得头破血流，何况是一个生产队。我总觉得去了争着抢着要，感觉没什么意思，再一个，当时我是相信分散委员会的公道心的，我不去是给他们一个面子，也是支持他们的工作。

我本着听天由命的样子，结果我分到的土地是质量最差的。那是大风一吹连细土都能刮跑的光板地；坟墙咀、风动咀、牛角咀、寺咀梁，这几个咀的田地全部朝阳，是风吹土跑、下雨水跑、种田肥跑的典型"三跑田"。我们村在合作化时代，是公社确定的农田基本建设典型生产队，修建了大量的水平梯田。可在分散委员会主导下，水平梯田却连一块都没有分给我。作为农民我心寒了，我感到我必须得出面去找一找他们的，要不然我没法给下一代交代。我找到了分散委员会说明情况，他们自己也感到太不公道了。于是分散委员会便将大家挑剩的几亩三等水平梯田分给了我。

我们村用来灌溉的水坝，是一个堰塞湖形成的，再经过人工简单的夯筑，便当做了水坝，不太牢固。再加上这个水坝河水与天然水混蓄，河水含碱太大，不适合灌溉，试抽了几次再也没有用过。可是用来抽水的大型机器、抽水管到处乱扔，集体财产没人管，合作化解散的时候，就都"五马分尸"了。作为一个小村庄，国家投入了那么大的资金没有利用好，确实令人痛心。我们生产队的手扶拖拉机低价出售，我花300元买到手，后来又转卖给了别人。

当时国家大量投放化学肥料，投放农机化肥的资金80%的是国家贷款，20%的现金是生产队自己筹集。每个生产队的贷款可能要几万元，直到80年代农村实行家庭联产承包责任制后，贷款按土地亩数摊派给农户，这才陆续还清。

村里的引水工程，后来也由于包产到户后无人管护破坏掉了，社员又恢复了去河沟里担水吃的历史，一直到2015年有了自来水。没了水，当年的果园也就垮了，果树分到户，挖的挖、砍的砍。此后，村里再也没有过大面积的经济林果栽植和蔬菜种植。

学手艺

我自幼爱动脑筋，虽只有小学文化程度，但爱好艺术和手艺之类的事物，且干什么都认真。常言道功夫不负有心人，不花功夫，经不起时间的磨练，没有自身的钻研，世间任何技能都是学不到手的。

我十七八岁的时候，买了一本无线电方面的书，购买晶体二极管、天线和耳机等电子元件，制作了简单的二极管收音机。我家住在山的最高处，收音机借助高处墙头的天线，还真的收到了电台声音。

因为家境贫寒，我学了不少木匠、铁匠、石匠、泥水匠的手艺。请他们来干，活干完了，还要付给他们工资，所以自己想办法做，总能省一部分开销。

我自己学习木匠创造工具，住的房子几乎都是自己盖的，自家用的木质物件都是自己制造的，比如桌子、椅子、板凳、架子车、梯子等等。

铁匠自己也学习过。自家的农具都是自己打造出来的。由于没请师傅，太过细致的活干不了，但农业生产生活当中需要的工具、物件，都是自己锻打。

原来农民家家用的石磨，每年都要请外地的石匠来打磨。石匠来了，在家吃住，磨子打完了，还要付给他工钱。我自己动手，丰衣足食，省下了不少工匠钱。随着社会的进步，时代的发展，石磨几乎不再用了，所以我学石匠的手艺也就用不上了。

我还学习过裁缝。我买了一本上海出品的裁剪技术书，根据裁剪书上的示意图，通过动脑筋钻研试制，用牛皮纸自己绘制图样，给自己做了一套中山装。我用的缝纫机是80年代很流行的蜜蜂牌缝纫机。70年代缝纫机几乎每家每户都要购置，当时农村最时髦的四大件：自行车、缝纫机、手表、收音机。尤其青年男女结婚的时候，这四大件是必须要购买的，否则婚就结不成。由此，家家户户都拥有一台缝纫机。缝纫机发生了什么故障，绝大多数人不会修理，他们就得请我去修理。我玩弄缝纫机好多年，一般的机器故障自己都会维修。那时候我也是有求必应，到了农户家一看缝纫机，一般都是些小故障，我一一排除，当然是无偿服务的。

我一家人穿的衣服都是我自己做的，包括大衣、裤子、帽子，还有小孩的衣服、帽子等。我们村子附近的裁缝会做皮袄面子的很少，所以好多邻居多次恳求我给他们做皮袄面子。因为这个技术很复杂，做起来很费劲，所以只给邻居做过几件，根本没人想着给我报酬。

各种手艺我大致会做，但没有深入做下去。农村的手艺人做工都要工钱，我这个人从来不好意思向别人要钱，比如修理机器，比如打铁制的工具，比如做衣服，我统统不好意思向别人收钱。所以我一辈子好学手艺，但始终没有成为专业的手艺人，还是得靠种田吃饭。

我一生脾气比较倔强，说话办事总保持着尊重事实、承认事实的态度，一生当中虚伪的东西就是不相信，是现实主义者。80年代分田单干，我分到手的土地都是最贫瘠的，农业合作社时期广种薄收，几十年地里就没有什么养分，我重视使用化肥、农家肥。包产到户头几年，我的庄稼生长旺盛。以前没怎么上过化肥的地，用化肥后效果格外显著。村里人看见我种的庄稼长势良好，同龄人还暗地里讽刺过我。

由于我使用化肥，每年打的粮食比较多，引起生产大队的重视，他们推荐我为生产大队的农业技术人员，被选派参加了几次全县农业科技培训班，学习了合理密植、间作套种、推广地膜等农业科学种田技术。邻居们看见我种田用化肥庄稼长势好，私底下也渐渐开始用化肥种田了。

80年代那会儿，国家确实重视农业，像我这样相信科学种田的农民，能被选为代表参加培训班就是一种证明。培训班所需的吃、住、车费全部由农业局负担。这样的培训班在90年代以后从来就没听说过。

一开始我们那里的农民对于地膜覆盖技术根本想不通，政府怎么号召也没人响应。国家政策大力支援农业，大量投放的种子、农药、化肥、机械、地膜，当地农民就是不接受，上面布置的任务很难完成，只能实行强制摊派。推行了几年时间，经过实验，出了效果，农民就开始主动使用地膜覆盖技术了。

到了90年代，所有的农户都意识到了科学种田的好处，非常重视使用化肥、使用农膜覆盖技术以及病虫害防治，除草剂等也经常使用，现在地膜覆盖技术种的玉米亩产千斤以上，每家每户都储存了很多玉米，几千斤上万斤不等。干旱地区实现了旱涝保收、丰产高产。

与沙为战：治愈"地球癌症"

董可馨

中国偌大的土地面积里，沙漠约占130万平方公里。但对多数城市人而言，荒漠存在于看不见的异空，它们本身即如海市蜃楼。

然而，象征着神秘与可怖的沙漠，对另一部分人而言却是生命的重要底色。在城市化吞噬现代社会、同时国家大力提倡生态文明建设的今天，他们一直在坚持与沙漠抗争，与沙漠共存，生生不息。

2018年12月7日，我第一次去到毛乌素沙漠西南缘的宁夏灵武市，见到了一位和沙漠斗争了一辈子的老人。

当时正值隆冬，天气冷得厉害，穿厚棉袄也扛不住寒风，人在室外待一会儿就几乎凝起霜，树木大都秃了，遍地大漠土黄，视野里尽是北方典型的萧瑟。

从银川机场向西驱车行进，目的地是灵武市白芨滩自然风景区，那里曾是缀结成片的沙漠，如今都或密或疏地披上了植被。但只要沙土还在，就依然捕捉得到往日光影。

改变不过是这十几年的事情，往前回溯至八九十年代，这儿还只有沙漠与荒滩。

沙漠离我们遥远吗？

中国是世界上荒漠化和沙化面积大、分布广、危害重的国家之一。2015年12月29日，国务院新闻办与国家林业局联合发布第五次全国荒漠化和沙化监测结果，我国荒漠化和沙化土地面积分别占国土面积的1/4以上和1/6以上。

剖开宏观数据来看，由于土地过度利用和水资源匮乏等因素，临界于沙化与非沙化土地之间的一种退化土地也呈明显的沙化趋势。另一方面，我国沙区自然条件差，自我调节和恢复能力差，植被破坏容易、恢复难。

缩聚到微观视角，关于沙漠和治理沙漠，亲历者的感受最具说服力。而我此行要拜访的王有德，最有发言权。

这位出了名的全国治沙英雄扎根沙漠近30载，带领白芨滩林场的工人一起完成治沙造林45万亩，控制流沙面积58万亩，遏制了毛乌素沙漠的西扩，取得了不菲的成绩。

2018年底，因在治沙方面的卓越贡献，他被评选为"改革开放40周年杰出贡献人物"。

64岁的王有德虽然退休已4年，却仍没有停歇的意思。我在他退休后仍坚持工作的马鞍山林场见到他，他个子很高，精神矍铄，意志坚定，吃过的苦都刻在脸上。

的确，他与我说起过往，常挂在嘴边的就是——"好苦哇"。

王有德生于五十年代，幼年的家在宁夏灵武马家滩生产队，毛乌素沙地的西南边缘。他对儿时家乡美不胜收的风景记忆犹新，漫天碧野的蓝，一望无际的绿。

那时，生产队上的人们都过着相差无几的贫困生活。挖甘草、抓发菜、打麻黄、砍树枝、喂牛羊，一切生活资源皆取于自然。

物质匮乏的年代，人们很难有强烈的自然环境保护意识，温饱尚难以保障，何谈环保呢？但无度的砍伐索取，终将在日后要求人类付出代价。

代价在不久后来到。不知不觉中，沙漠悄悄蔓延到了当地人家门口。一旦来临，就很难把他撵走了。

从前，沙漠在那头，风景秀美的家在这头，后来，家就是沙漠。

算上大爹大妈的两个孩子，王有德一家九口，当时都住在自己挖的窑洞里。在他的印象中，自从地上没了草木，便是"一年一场风，从冬刮到春"。刮来的沙子会爬上窗台，蔓进房里，门都关不住。

家里的沙子每天都要清，但永远清不干净，"最后索性不管了，叫它去刮，直等到第二年春，风小了才去清沙"。清沙不容易，王有德和哥哥用芨芨草编成背篼把沙往外背，一清就是一两个月。

一开始，沙是清出去了，但那时候还没有草方格，所以固不住沙，把沙倒在东边怕刮东风，倒在西边怕刮西风，不论倒去哪里，沙子总又回来。无奈之下，有些人家就把沙都堆在破房子里，堆到后来沙都上了房顶。

这样的生活无以为继，当地人的命运不得不改变。

沙逼人退，马家滩镇两三万口人最后全都搬离了故土，王有德也随着家人离开老家。那一年，他十八岁。

找出活路

时至今日，有一句话常被提出：时代的一粒沙，落到个人头上就是一座山。在莽原荒漠地区，命运的苦难漫无边际，无处遁逃，扛起来，硬着头皮往前走，是唯一的出路。

刚参加工作时，王有德被安排到抗旱打井队，工作内容是找水，因为太干旱了。但往往连续两三年也找不到好的水源，当地的水含氟量太高，对身体造成不可逆的伤害。

王有德的牙齿已经黄黑了，"都是吃这水造成的"，他指给我看。

不幸中的万幸，他的症状还算轻微，由于长期吃恶劣的水，不少人身体变形，眼睛变得薄薄的，因此，在那里工作的人，两三年就必须换岗。

1985年，年仅二十一岁的王有德因能吃苦被提拔到白芨滩林场做场长。刚接到手中的林场，是个十足的烂摊子。后来的治沙英雄，当时一心只想着怎么把林场救活："治沙，当时没有那个想法，也没有那个决心。"

　　这是实在的，理想无法脱离实际独自起舞，治沙的基础是保障工人的基本生活。所以，王有德的治沙工作，起初便有些"曲线救国"的意思。至少，先把场子救活了吧！

　　做场长后的第一件事是下场调研。可调研结果不尽如人意：职工住的房子破旧不堪，晚上抬头能看到天上的星星，逢雨便连连漏水，接雨都只能用自己的碗，蓄满后就赶紧倒掉重接；下雨天炕面总是湿的，屋子里也没有电，工人们只能点煤油灯，墙面慢慢都被熏黑了。

　　林场离县城40多公里，因为太远，工人买菜看病也都不方便，一旦得病了还得坐着拖拉机去县城找医生。工人的基本生活无法保证，教育更无从谈起。多年以来林场连中专生都没有，孩子上学基本是投亲靠友、四处送人。

　　然而，在工人连吃粮吃水都成问题的情况下，部分领导干部和其子女却在后勤机关享福。对此，工人们怨气沸腾，不少人抗议要求调走，留下来的，则终日坐在墙边晒太阳、下象棋。

　　面对这样一个奄奄一息的场子，王有德决心彻底改革。

　　他虽然位居场长，但其实所受文化教育有限，仅上了三年半学就为生活所迫开始半耕半读，后来又读了半年高中，前后加起来的学龄还不到五年。但王有德有一股劲儿，肯干，爱钻研，下定决心改革后，他带着全场清仓厘旧、变废为宝。

一方面，他把旧设备都拉起来挣钱，扶助职工开小饭馆，同时教工人利用沙柳条编成筐，卖给电厂、煤场、园艺场。后来，他又想方设法贷款，成立汽车运输队、建筑工程队、服务公司，向市场要钱。

按王有德的说法，这叫"跳出林业搞林业"、"围绕主业发展副业"。

改革伊始，编筐对于林场的起死回生作用甚大。当时一个筐卖一元钱，工人一天能编二三十个筐，卖筐挣来的钱远远高出两块八毛二的日工资，工人第一次尝到了甜头。

王有德趁热打铁，立马制定了新的工资原则，取消工资级别，取消档案工资，只保留工龄工资。"砸烂铁饭碗，同工同酬，多劳多得。"

新的工资办法被交到职代会上讨论，大部分工人表示同意，但也有反对声音。当时，正值邓小平提出"一国两制"的国策，王有德借鉴其思路，定下"一场两制"的方案，同意新原则的实行计件工资，不同意的仍保留档案工资。

"一场两制"实行到年底，按计件工资取酬的工人几乎都比过去挣得多，相比之下，保留档案工资的却挣得少，如此一来，没人再反对新原则，全场工资原则终于统一，工人的思路也开始转变。

为了扩大林场效益，王有德继而又开发经果林，建立砖厂，但没一件事是容易的。

当初开发大泉果园，他四处贷款无着落。后来和煤炭局联合建砖厂，林场这边已经把厂子平好、砖机买回、给水上去，没承想因为建窑和建烟囱的价格谈不拢，遭到对方中途撤资。

谈判失败，王有德刚走出办公室，眼泪"唰"地就下来了，走回去，坐在窑门口直哭，现在他回想起来，只说那时年轻，眼泪多。但十几天吃不下饭，看到饭就呕的痛苦，似乎仍然鲜活，"那种压力比爹妈去世还难受"。

好在，最难熬的时候，他遇到三个贵人相助，先后借了近五十万建起砖窑。他清楚地记得窑建好那天正值1990年9月22号第十一届亚运会在北京召开，亚运会的火炬在两点点火，他的砖窑是十二点点火，火光亮起，从前的苦和难终于有了回报。

产了砖，就得卖，砖头好卖，欠款难结。彼时矿务局买林场砖头，欠了四万元钱款，一两年都要不回。最后，王有德忍无可忍，趁着对方开党委会，他跑去一脚踹开门，冲会场嚷道："为了要钱，我跑了几十趟，今天你们给也得给，不给也得给！"

欠款终于在当天追回，而王有德竟因此成了矿务局的典型，局领导公开夸奖他："我们欠了林场四万块钱，人家追着、堵着、骂着都要把钱追回，外面欠了我们几千万，都没办法追回来。"王有德愣是带着这股不要命的劲儿，拼出了林场后来的富裕，林场富了，治沙才有了可靠的保障。

"宁肯掉下十斤肉，不让生态落了后"

治沙的难度，甚至丝毫不比荒野求生容易。苦中作乐的能力，成了治沙人的必备技能之一。

"你知道沙漠里什么时候最舒服吗？"林场治沙的同事带我去沙漠里，在路上，同行的王冠问我。

见我茫然，他笑笑："早上九点到十点半。那之前太冷，之后太热，沙子烫脚。"

我顺着他的手势望去，半米见方的黑格子连成大片，都是用麦草扎起来的，麦草本是黄色，因为扎下多年，都已变黑。那就是草方格沙障。

我在沙地上跳方格，方格中留下个脚印。王冠见了提醒我，须踩在草方格上，不要踩在方格中间，否则会破坏了土地结皮。结皮是草方格的腐殖质与沙里的矿物质结合形成的硅化物："形成需要五六年之久，有了它才说明治沙成功了，很宝贵。"

不止草方格，沙漠里坚韧耐旱的柠条也用来固沙返土，王有德其实也有此外号："像柠条一样的硬汉子"，说干就干，只要干，就要成。

当年，他为了号召林场职工承包土地种植经济作物，改善土壤，促进收益，自己先带头承包了40亩地。但因为顾不上侍弄，最后只好拜托妻子带着家人年年在地里忙活，头三四年先扎豆子，直到土壤能育苗，再种上侧柏。十几年间，种活两批侧柏苗子且卖了，才算见到希望。也是因为王有德的带头，工人才跟着学起育苗，后来渐成风气。

林地、果园、草方格，沙漠里各有各的功能区，初来乍到者在沙漠里定然会迷失方向，但对于他们，沙漠的方位和功能区如自己家里物件摆放一样熟稔于心。

他们年复一年，不分昼夜地在沙漠里耕耘，呵护土地结皮，保护寸草寸木，无论是旁观者还是当事人，无不感叹：如今的日子虽然好些了，但能有今天，都是大家苦出来的。

机械化还未普及时，林场里所有重活累活全凭一双手脚。

造林要修渠，修渠要铺水泥板，打板、拖板、贴板，王有德和职工都自己上。用来铺渠的水泥板，厚6公分，长1米，宽60公分，用沙子水泥打成，一个职工一天得打出30块板才算完成工作量，七个人的工作组一天要至少打完210块板。作为厂长，王有德要参与每个组的工作，而但凡是他参与的组，必是超额完成任务，最多的一天，他带着工作组打了588块板。

打板是一种对抗身体的工作，为了搅拌，手脚都得泡在湿水泥里，没有任何防护，即使泡烂双脚也不敢休息。

沙窝里和别处不一样，一夜不管，沙子就翻了跟头，把渠给填了。所以打好板之后还得赶紧砌渠，砌好了渠才能灌冬水。板子工人一次背一块，王有德背两块，白天拼了血汗，晚上就钻进沙地的帐篷里睡觉，第二天一切照旧，几十天回不了家。

治沙上了轨道之后，王有德又定下"六个一"的治沙目标，即"1个职工每1年扎草方格1万格，种树1万株，治沙造林1百亩，治沙造林收入1万元"。就这样，靠着年复一年的艰苦，他们苦出了白芨滩如今的绿。

但空有苦功夫远远不够，王有德和林场职工总结多年的治沙经验，慢慢探索出了林场外围灌木固沙林、周边乔灌防护林、内部经果林、养殖业、牧草种植、沙漠旅游业"六位一体"防沙治沙发展沙区经济的模式。这个模式已经被写进了治沙陈列馆，供世界各地的团队交流学习。

秉着"单一经营越干越穷，多种经营威力无穷"的理念，通过不懈努力，林场一步一步走出困境，并将多种经营的"雪球"越滚越大，终于在沙区边缘拓展出一处处生存空间，形成了果树、苗木、温棚、养殖四大绿色产业，为推动防沙治沙事业的持续发展奠定了坚实的物质基础。

命运会把人推到一个境地，有的人忍气吞声接受了，有的人却不服气，在抗争中改变了自己，乃至改变更多人的命运。

王有德常说，他这一生只干了两件事："一是让沙漠绿了，二是让职工富了。"

如果只做到了后一条，他也算是一名出色的领导者，但他还做到了前一条，这使他堪称伟大。

他的口头禅"宁肯掉下十斤肉，不让生态落了后"，已成为如今白芨滩人的精神坐标。

治愈"地球癌症"

中国四大沙地之一的毛乌素如今已经大体撤退了，我国漫长艰苦的治沙努力，终究取得了显著成效。但这并不意味着，人类已经彻底征服了沙漠。

今天，"命运共同体"的意识逐渐深入人心，它意指全球化以后息息相关的国家与社会。而在现代化侵蚀下的自然环境，又留下了多少时间给我们思考和检验"生命"的脆弱与韧度？

沙漠化和荒漠化是一个世界性问题，世界人民都面临着与自身命运息息相关的困局，可借鉴和参考的治沙经验不胜其数。

从20世纪30年代开始，美国制定了专门的法律，为治理荒漠化"保驾护航"。如限制土地退化地区的载畜量，调整畜禽结构，推广围栏放牧技术；引进与培育优良物种，恢复退化植被；实施节水保温灌溉技术，保护土壤，节约水源；禁止乱开滥伐矿山、森林等。另外，还对农作物种植及种树者，在技术、设备、资金上给予支持。

无独有偶，作为较早开始防治荒漠化的国家，加拿大也成为全球防治土地退化的最佳案例之一。当地联邦政府、省级政府以及农场复垦管理部门在大部分计划和项目中发挥了重要作用：不仅建立了专门的土壤保护机构和协调机制，针对容易退化的林业用地、农业用地和矿区土地，制定了全面

崖边·吾乡吾民

有效的管理和保护政策，还启动了大批土壤保护计划和项目，综合运用优化管理方法，通过营造防护林、改造河岸地与草场、保护性农业耕作等实际措施恢复退化的土地，并遏止土地退化发展势头。

还有以科技为主导的治理模式。

历来饱受干旱折磨的印度在治理土地荒漠化上也颇有成效。目前，印度已利用卫星编制了荒漠化发生发展系列图，基本摸清了不同土地利用体系下土壤侵蚀过程及侵袭程度。此外还开发了一系列固定流沙的技术：如建造沿大风风向防风固沙林；垂直营造多层次的由高大乔木、低矮灌木和灌丛组成的林带建筑绿色屏障；沙丘固定，等等。

荒漠化面积占国土总面积的75%的以色列，毫不犹豫采用高技术、高投入战略，合理开发利用有限的水土资源。为了提高荒漠地区的产出，科技人员大力研究开发适合本地种植的植物资源。

目前，以色列的农产品和植物开发研究技术处于国际领先水平，从而保证农牧林产品的优质化、多样化，在欧洲占据很大市场份额，取得高额回报，并且实现了荒漠化的治理和农业综合开发有机结合，迈入了良性循环的发展轨道。

而一向以雷厉风行著称的德国，也早在半个世纪前开始号召回归自然。1965年，德国大规模兴建海岸防风固沙林等林业生态工程。造林费用由国家提供补贴，免征林业产品税，只征5%的特产税，国有林经营费用的40%~60%由政府拨款。

"山水林田湖草是生命共同体"，生态破坏的欠账，总得有一代人去偿还。王有德他们轮到了，也努力偿还了，留给后人的只有四个字：勿蹈覆辙。

在生态文明建设这条路上，全国乃至全球都处在压力叠加、负重前行的关键时期。保沙、治沙的意识，早已深深嵌入整个人类可持续建设的关键理念和行动指南中。随着城市化大规模扩张和推进，对于占全球陆地面积1/4的荒漠，提起警惕和重视的迫切程度，应该有增无减。

新工人乐团

2018 年 11 月 20 日，"大地民谣"在四川邻水鱼鳞滩村演出

天还没亮，张海荣生火点炉

铸印

何效义和张海荣清理铁印

铸印内模

通渭县印

"通渭县印"印花

纪录片《初三四班》海报

2008 年，初三（4）班毕业照

2018 年，初三（4）班同学再聚首

陆春桥采访父亲和母亲

纪录片《初三四班》主人公母志雪婚礼

拥抱。母志雪结婚现场

古浪县土门镇财神阁，财神阁里面就是长辈心目中的"城里头"

仲川公社农机驾驶人员合影

闫瑞明学习拖拉机驾驶技术时的合影（三排右三）

闫瑞明参加铁路合同工时与工友合影（二排居中）

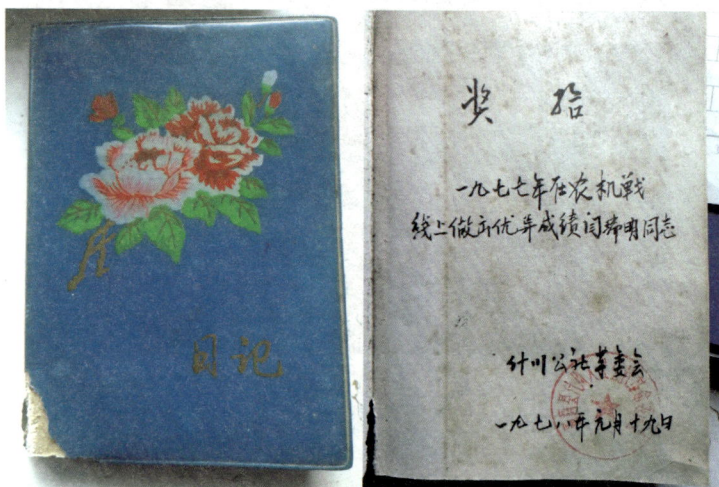

改革开放"前夜",闫瑞明担任农机驾驶员获得的奖品——笔记本。
珍藏一生,一生没有舍得使用的笔记本,被老鼠啃去了一个角。

"城中村"的前世今生：湖村调查札记

王昱娟

"兔死狐悲"

第四次探访湖村的前一天，我联系了赵伯，跟他确认了中午抵达的时间，并叮嘱说："这次别管饭啦，我吃过再去。"想起上一次带着学生小李过去，赵大妈包了两盘饺子给我们，总觉得太麻烦人家，何况小李同学还没吃饱，这令我两头不好意思。没想到消息发出去，赵伯马上回过来："没关系，现在吃饭很随便，如果是60年代我确实管不起。"我对此感到啼笑皆非，并表示不想麻烦他们一家，赵伯又说"没关系，因为你有'兔死狐悲'的感受，你理解我们"。我才想起前一阵子我在微信朋友圈转发了一篇《长安那些消失的村子》，并写了一句："作为旁观者，我曾见证了五个村庄的消失，忽然有点兔死狐悲的感觉……"在过去十年的经历中，无论是我的生活还是学术，都跟那些"消失的村庄"紧密地联系在一起，湖村突然闯入视野，实际也与此有关。

我是在去年冬天得知湖村要拆迁的消息，在此之前，大概有好几年没再做过关于"城中村"的田野调查。写完博士毕业论文，整个人都在自己造的新词"缓慢城市化"里流连忘返，对造词的迷恋恰如对故乡的执念。我写道：

西安与那种普遍的"快速城市化"过程不同的地方在于，占主流地位的"快速城市化"吞噬"城市乡土性聚落"的速度在很长时间里比较慢，尽管在近十年当中可能已经提速，而正是这个"慢"的惯性，让我们得以比较清楚地看到一种"缓慢城市化"的存在。而所谓的"速变"与"停滞"的两种空间，就是一般城市化的两个子类型——"快速城市化"和"缓慢城市化"的产物，但如果前者吃掉后者的速度太快，城市化的后一个子类型就不能发育成形，也容易被忽视，因此，西安所产生的"缓慢城市化"这一子类型的特殊性，恰在这里。

彼时的乐观浪漫到底经不住时间的考验，当我成为一名"返乡青年"，由"大都会"返回大西北，怀旧的田园梦是不能再做了。2008到2011这三年多时间，我所曾经进入的"田野"都已经消失不见，不仅如此，就连当初被"城中村"包围的家属院，如今在新的小区楼盘、遗址公园拔地而起的挤兑下，也显得陈旧不堪，早已不是我少年时代穿过村庄带着众人瞩目挺胸而入的机关大院。终于有一天，我妈说，咱家也快拆迁了。这不能幸免的宿命让我对"都市化"的看法在好一段日子里都指向无力感，尤其是，当看到朋友转发的那篇《长安那些消失的村子》下面，有更年轻的孩子留言道："世界潮流，浩浩荡荡；顺之则昌，逆之则亡。"

"引路人"

跟赵伯打交道的这几次，偶尔有过沉重的时刻，但大部分时间还都是比较轻松愉悦的，这与他的人生阅历有很大的关系，也跟我自己做博士论文这十来年的境遇相关。我至今仍记得自己将那篇有关"城中村"的研究论文提交系统的时候，大病初愈一般的虚脱，进入田野时涌起的责任感，连同完成初稿之后的茫然若失，都忽然消失不见，只剩下一个"向前看"——模模糊糊又貌似充满希望的召唤，牵引着我走向未知的未来。毕业后，工作成家，更是少有余裕去沉浸到悲悲切切的怀旧氛围中去。回到按部就班的生活，回到文学研究，似乎彻底与"田野"断绝了关系，也就不再挂念那些原本的确"于我无干"的人。

我是因为十多年前的一段恋爱才投身田野调查的，这并不是什么秘密，比起遮遮掩掩说"我家门口就有一个城中村，从小耳濡目染而产生研究的兴趣"，因为恋爱关系而走进一座村庄似乎显得更有说服力。自然地，那时的男友也就成了我进入村庄的引路人。尽管他自中学时代就一直努力摆脱"城中村"的烙印，但是在我决定要做这个题目的时候，他仍然给我提供了很多帮助，并且以他自己的视角，时时纠正我这个"城市女孩"不切实际的想当然。或许也正因此，当我完成那本论文之时，渐行渐远的我们也走到了恋爱的终点。至今回想起来，那时我们最大的分歧恰恰在于：对于村庄，身处其中的他一心想着尽快拆除；而作为旁观者的我，则固执地认为应当予以保留。

第一次进入田野的沉重，经过时间的洗涤又变回一种轻盈的期盼，当我在2018年秋天将三足岁的孩子送进幼儿园，当我步履蹒跚地迈过职称评审的门槛，我决定重新拾起"城市乡土性聚落"研究。那个时候，想法很简单，就想着抛开"文学文本与田野调查文本对读"的四不像研究，好好撰写一篇"都市民族志"：不用再考虑所谓学科限制的问题，专心将那些已经消失的村庄，将那些村庄里生活过的人忠实地记录下来，算是一种"深描"。在谈论他者的同时，也找回自己的"身体感觉"。恰逢其时，我父亲在十一月的某一天突然问起："你那个博士论文的研究还做不做了？我给你推荐一个村，马上就要拆了，你感兴趣的话就去看看吧。"我那时意外又惊诧，为的是才刚起了一个念头，就遇见了这么一个契机。

晓伟是丽珍的丈夫，而丽珍是跟着我父亲学会计实务的徒弟，他们夫妻二人一个来自陕北安塞，一个则是西安周边H县人，在天津读大学时他们相识于"陕西同乡会"，毕业后就双双回到陕西。虽说是回到故乡，却也只能在省会西安落脚，这情况再寻常不过，能够在相距父母家车程不过三小时的地方生活，已经是比较理想的状况了。父亲把晓伟的联系方式发给我的时候，正是晓伟父母家所在的湖村动员拆迁的第十五天，当晚我们通了近一个小时的电话，从这个语速很快、言语中又透出点激动的年轻人口中，我知道了湖村的基本情况，除此之外，还有他个人对"拆迁"的感触。他说：

我们村拆迁的过程可以说持续了三年，倒不是说从动迁到现在真的要拆持续了这么久，而是从三年前"传言"要拆，村民的心理就慢慢起了变化。最开始肯定是拒绝的，原因嘛当然是"故土难离"。不过三年前只是传言，引起的都是村民的抗拒，到差不多两年前真的有一拨工作组进村的时候，大家才知道是来真的。当时就有许多村民串联起来，驱赶工作组人员，想要阻止拆迁。那时候虽然人心浮躁，但大部分人还是不愿意拆的，所以后面也就有了好几次冲突。不过话说回来，从一开始就有一部分人想要拆，当然是以年轻人为主。我的话，因为平时也不在村里生活，主要看我爸妈的态度，当然是跟他们一样，是不愿意拆迁的。

不过，晓伟也对几年前那些一开始就成为"主张拆迁派"的人报以宽容的态度，从他自身的角度出发，出于共情的心理，去理解这些三十出头的年轻人为何愿意拆掉自己的祖宅，因为这个年纪的人确实经济压力最大，需要钱。就像晓伟和丽珍这一对自身都不是独生子女的年轻夫妻，大学毕业参加工作，四五年之后还买不起商品房，孩子三岁多还放在爷爷奶奶身边，只能每周回去当两天"周末父母"。这情况其实特别寻常，在几年前"城中村"的田野中，就屡见不鲜。当我问起如果拆迁获得赔款，是不是就能在市区买房，一家人就能团圆时，晓伟突然就笑了，因为在这个时候，"如果"这个表述，已经不需要了。我们讨论的焦点，自然就只能集中在——拆迁以后，生活会不会比以前好？

几年前西安房价还没飙升的时候，因为上大学的缘故，晓伟花光了家里的积蓄，所以尽管当时的房价在省会城市已经算非常低了，他们还是没办法凑出首付。工作了几年加上节制消费，夫妻俩算是有了一点积蓄，可房价的攀升却远大于他们财富的积累。一年多前拆迁工作组第一次公布方案时，按当时的赔偿标准折算下来，差不多每个在户的村民能拿到41万，看起来虽然很多，但这是把人均65平米住宅以及10平米商铺折现之后的总额，换句话说，在不要返还面积的前提下，纯拿钱，一共就这么多钱。在飙升的房价面前，这意味着要将以前独门独院的乡村生活置换成逼仄的高层公寓，对大家而言，很难说"上楼"是一种生活的进步和提升。当然更重要的问题还在后面，倘若不考虑年轻一代的户口往往随着入学、就业迁出湖村，即使是以全家人的赔偿金而计，晓伟和他的父母也无法像以前农村习以为常的那样，男孩子一旦结婚就可以申请新的庄基地，或者在老宅盖起新屋分家另过。一旦老屋拆除，便意味着一家人要倾其所有在城市买一套至少是三居室的房子，或者是两套小户型，父母们只能别扭地跟子女来到城市，在充满陌生人的环境中度过余下的岁月。这前景，任谁都不可能满意，也因此，一年多前拆迁工作组遇到了前所未有的阻力，而湖村的村民也前所未有地团结。

据晓伟说，变化是从去年秋天开始的，也就是我们联系上的前一两个月。第二次宣布的拆迁赔偿方案显示出与上一次完全不同的魄力，湖村人似乎从张贴榜的数字中看到了某种"诚意"，或者毋宁说是某种不容置疑的安排：新方案折现的金额达到了人均70万，并且制定了"早签多赔"的差异化补偿方案。前后也就一个来月时间，随着拆迁政策宣传的深入，湖村的人心大动。就在我因为晓伟的事件转述而心生疑惑时，他像是看透了我似的，直接告诉我：

正式公布方案之后不到20天，全村签了400多户（湖村一共800户人家），光是交房的就有150户左右。只要一交房，立马就开始拆。先拆内部硬装的部分，挖掘机直接开到门口把房屋破坏掉，这样就直接不能再住了，想反悔都没办法。一条街道可能只拆一家，但是被拆的房子对旁边的住户肯定会造成非常大的压力，在整个村里都影响很大，最近一半以上的人都在搬家。拆迁过渡差不多都是在周围的村子租房，有些在县城租单元房，上了年龄的村民在附近村子租农户的房子。这十几天里几乎没有情绪激烈的，也看不出有什么抵触。

我觉得我们村的父老乡亲淳朴，人家给钱给到心理价位上了，也就不挡人家的事了，挡也挡不住。最近我们家也找到过渡的房子了，等忙完搬家的事，再引你过去看看吧。

尽管透露出"螳臂当车"的无奈，晓伟还是以他的坦诚和直白，肯定了金钱的诱惑。人均赔偿金额增加，加上按人头而不是按面积的赔偿方案，以及统一每户36万的地上建筑残值赔偿，再加上第一批签协议的每户有拆迁补偿费5万以及奖励6万，最后还有一条街统一签字的"连户奖励"，造成了一种"照顾大多数人家"以及"拆迁竞赛"的效果。通过算账，晓伟一方面跟我客观理性地分析湖村的动迁奇迹，另一方面也像是通过讲述来自我说服。这种情感其实也并没有太纠结，这在我第一次跟他到湖村的时候，就逐渐浮出水面。

"祖遗户"

几年前在"城中村"的田野中，并未听到过"祖遗户"这个词，因为被城市包围中的村庄是那样寸土寸金，当初 L 村拆迁之前，村里的户口早在三年前就只允许向外流动，而决不许回流，随后的拆迁则是严格参照户口归属赔偿，即便有老宅，也只能拿到一点地面建筑残值。也就是说，一旦迁出了户口，这个村子的拆迁就跟你没有多大关系了。自然就不存在那种早年当了工人或干部的村民再回来要全款赔偿的可能。跟晓伟通话访谈的时候，他就曾提到过，有部分仍然"钉着的"，基本都是存在争议的人家。实际上湖村拆迁过程中也存在"户口争议"，尤其是这三年内出嫁的女儿和其所生的子女由于传言拆迁而将户口放还在父母家的，按照原本的政策，是不能够拿到钱的，但因为这情况比较普遍，许多人也就寄希望能磨一磨，反正补偿方案都能改，这个或许也能呢？晓伟的妹妹和外甥女就是这种情况。还有一种典型情况就是"祖遗户"了，因为按这次的政策，祖遗户是可以参与拆迁赔偿的，所以这种情况一般是家庭内部矛盾，比如某家继承老屋的二叔外出生活，宅基地给侄子盖房，现在回来当"祖遗户"要钱，也是一笔糊涂账。

在湖村，认识了赵伯，才彻底了解到"祖遗户"究竟是怎么一回事，不过赵伯一直跟我强调，他们家并不属于"祖遗户"：虽然他个人以及二儿子一家都早已通过当兵、招工而"农转非"，但是他的老伴和大儿子一家的户口仍然留在村上，而且因为大儿子早年成家的缘故，家里剩下的四口人也分立两户，恰好也有两院庄子，所以按照晓伟的算法，尽管赵伯本人户口早就不在村里了，这次拆迁他们还是会有不错的结果。

赵伯是晓伟父亲的朋友，他们两家住在同一条街，我是同晓伟一起去村委会申办"连户奖励"的时候第一次见到他的。那时我跟晓伟的话题从湖村、拆迁、个人情绪，已经转到了H县的历史以及风土人情。我对这次湖村的田野还未形成特别成熟的想法，只是顺着他发散下去。说到拆迁的"亦喜亦忧"，在"迅速拿到几百万，钱最实在"和"老房子拆掉了，带来的未知和恐惧"之间，晓伟准确地说出了二者的区别，这恰恰是在不同的代际之间产生的情绪。就连他们这个家庭也出现了"儿子宽心、老子忧心"的情景。于是我提出能不能带我认识认识村里比较健谈的老人的请求，赵伯就这样成为我在湖村的第二位联络人。

我们在村委会大院挂着"老年活动中心"的房子里做了第一次访谈，时值初冬，那个先前曾作为村小学教室的屋子，如今窗户破破烂烂、四处透风，这两个月因为拆迁，挂牌的"老年活动中心"也已经荒废了，麻将桌椅上面是厚厚的一层土，蜂窝煤炉子更是好久没用过。因为不熟，所以初次见面只聊了些周边话题，比如他怎么给村里人当红白事的执事，之前当兵以及退伍后工作的经历，这个村子的历史渊源，以及湖村这个湖的来历。其间多少也隐晦地提起这一年来的冲突，在我以一个外来者的身份试探性地提及另一位年轻的"抗拆者"的时候，赵伯看向我的目光也就有了一些意味，我们约好了有时间再多聊聊，反正他现在也没什么事做。

因为晓伟夫妇只有在每周末才能陪孩子，我不好一直拽他陪着，所以第二次去湖村的时候，我直接去找了赵伯。中学毕业、当兵、复员、进电厂当技工，直到二十几年前回湖村过上退休生活，赵伯的人生阅历足以使他成为一个绝好的受访者：一方面他能够以内外双重视角看待湖村的人事，另一方面他又总能准确地洞悉我的意图。我几乎没怎么费力解释，他就高屋建瓴地对我的研究进行了总结。他说，湖村的拆迁到底是好事还是坏事，当然得看是站在谁的立场上说，甚至从他们村民自己的立场上，也很难说未来就一定是很糟糕的。赵伯并没有像一般的年长者那样哀叹与悲切，甚至在他的大儿子从里屋出来跟我聊拆迁而落泪时皱了皱眉头。一开始我以为他是因为不太待见不争气的大儿子，后来才深刻感受到这位古稀之年的老人真的是冷静克制，不轻易感伤。甚至，直到第三次见面，我才意识到他之前一直都还是心存戒备的。幸好我每次都在努力向他展示我究竟是做什么的，中间拿过博士论文、个人名片、工作证乃至学校网页上的个人介绍给他看，还给他讲了 L 村的故事。更重要的是，第一次去他家吃了半袋子"土法爆米花"，临走还不客气地拿上了他塞给我的另外半袋；第二次跟学生一起吃了两盘饺子，当然也带了礼物给他。蛮不客气的做派反倒拉近了我们的距离。

当我们的话题终于从湖村的泛泛而谈、国家政策的理解领会、基层干部的贪污腐败聊到他个人的家庭、工作以及退休生活，我终于感受到"祖遗"在赵伯这里的比喻义。他们家的确不算是"祖遗户"，但是赵伯难得具备了他这个年龄常人所没有的见识。当我们聊到村里人选安置房的方案时，他说除了"祖遗户"，其他家庭肯定至少会要一套房子；但他更能理解"祖遗户"的选择，因为他们跟这村子唯一的联系就是"钱"，可以拿了钱毫不留恋地拍屁股走人。这个没有任何褒贬的解

释，跟之前晓伟说起三年前"干拆派"年轻人时的态度如出
一辙。说起来，赵伯自己的祖上也不是湖村的，他父亲当年
扛活到了这里，被一个孤老汉收为养子，便在此地落地生根、
繁衍子嗣。赵伯兄弟跟这个村子的联系主要靠母家，算不得
树大根深。成年后参军、工作，也让他在村里的生活时间比
别人少了许多，尽管他的老伴和孩子一直是在村里，1994年
退休后他也回到村里生活，仍免不了"局外人"的视角；而这
个视角反倒能让他认识到湖村在更大的背景当中是怎样的存
在，继而对"惟桑与梓，必恭敬止"的感情有所克制：客观的
认知让他看待拆迁这件事，于是就超脱了伤感与欣喜。家庭
现金流的增长并没有给他巨大的欣喜，湖村的整体拆迁也没
有让他耽于伤感。当然，如果说完全不伤感恐怕也难以服人。
从他手机里的照片、视频里，我看到了他对已经变成废墟的
老宅的惦念。

　　赵伯或许不算是有代表性的湖村村民，尽管我们的聊天非
常顺畅。好在消除了戒备之后，他主动带我去寻访四散的老
街坊朋友。有意思的是，我发现赵伯带我访问的这些前湖村
居民，大都跟他一样是吃公家饭，或者至少肚子里有些墨水、
有过公干经历的人，湖村的老屋是祖辈给他们留下的家业，
但他们的人曾经或者已经是"公家的"。这几位老人都很健谈，
说起过去的事一桩一桩都清清楚楚。过去在村头小广场闲聊
的日子一去不返了，攒了一肚子的话，正好说给我听。尽管
有些相像，赵伯们仍然跟"祖遗户"有很大的不同，湖村对他

们来说是真真实实的生活场所，而拆迁也的确让他们的田园生活戛然而止，这使他们跟普通的村民一样，至少在搬离老屋之前，或者挖掘机开动之时，再或者对回迁能否及时的担忧，都指向无法平复的感伤。不过他们的应对策略都是以激增的现金流为子孙后代谋发展，不止谋一代，甚至还要谋一世。"祖遗"的意义在这里被放到极致。

晓伟从最初"以父母的意见为准"，到最后替钻牛角尖的父亲拿主意，未来的召唤到底是大过纠结和缅怀。"祖遗"的概念到这一代就中断了，人们对过去和将来的想象与担当，至多只能延续一代，不大可能再有"传承祖业"之类的想法。因此晓伟们的感伤也只是触景生情，不似父辈们的"百年忧虑"。两代人的情感和选择当然也不能用简单的对与错来判断，当现代化、都市化的车轮碾过这个千年历史的村庄，终有一天"怀旧"和"进步"会成为这一过程的一体两面，作用于他们的情感。好在他们每一个人都有自己的面孔，无论是愤怒、痛苦，淡然还是期盼。是这些面孔构成了"湖村"。

女人们

我时常想起张姨，那是写博士论文时沉浸其中的 L 村里的一位普通的家庭主妇。十年前我写了一篇《张姨的一天》，记录了这个普通的城中村主妇从早晨六点起床到晚上十点休息这 16 个小时中的寻常生活。张姨的丈夫高师傅相比村里其他男性，算是难得有正式工作的中年人，部队退伍的他因为有技术，在一家康体中心从事检验工作。尽管家里的男人有稳定的收入，这个家庭的"掌柜"仍旧是张姨本人，她日常的生活主要是打麻将和收房租，而"城中村"的房租收入才是他们家主要的经济来源。早已没有土地的村民们，靠着"种房子"，完成了婚丧嫁娶、生育繁衍的人生大事，并期望这房子能成为代代相传的祖业，荫庇后代子孙，在物欲横流的都市中，能够获取立足之地，乃至生存资本。

湖村则显然不同，还未来得及被城市包围的湖村，并没有成为"种房子"的村庄，直到拆迁之前，村里许多人家还保留着农田，从事粮食或蔬果种植。H县在周边是比较有名的葡萄生产区，盛产一种深紫色、果粒大、甜度高、耐储运的特殊品种的葡萄，湖村的一些家庭也就从事葡萄种植业。相比在城中村收租，田野的劳作则更多依赖男性劳动力，这使得湖村的家庭关系仍然是以男性家长为主导的传统农村人际关系。王安忆在《男人和女人，女人和城市》这一非虚构写作中谈论了农业社会的生产方式给予男人担任家长的角色的优势，当然相较之下女性更具备"进入城市"的优势。除了乡村和城市不同的生产方式，我们是否可以再回到性别差异中，看看在湖村这样突然"城市化"的情境中，男性与女性的不同反应。

事实上湖村的女性只有几个模糊的身影，在我跟爷叔大哥们侃侃而谈的时候，她们大多或是在厨房，或是带孩子，或是外出寻活。为数不多算是正面交谈过的只有赵伯的老伴，还只是问几句关于吃饭的话。再有就是他们过渡租住的邻居郑伯家的两个孙女，其中一个在西安上大学，另一个已经工作，在照顾婆爷方面十分乖巧，听我们谈话时也很认真。我跟上大学的小姑娘聊了聊她婆看病报销的事。还有一位只打了个照面的，便是赵伯的大儿媳妇了。不过说起来，因为晓伟的缘故，我对这位并没有攀谈的大姐似乎了解得更多一些。第一次去赵伯租的过渡房的路上，晓伟就看出我对赵伯大儿子的困惑，回去的路上主动告诉我这位大哥长期酗酒，差不多已经没有任何工作能力，幸亏他有一个好媳妇，自己出去打工赚钱养家不说，每天还照顾丈夫的饮食起居，甚至还会帮他买酒。

正是在这样短暂的接触和侧面了解中，湖村女性的勤劳、坚韧甚至隐忍的形象，形成了我对这一"纯粹的乡村"的性别印象。尽管在很长一段时间里我都认为她们与张姨是两种不同的女人，但在其后的回想中，我却发现她们本质上并无不同。湖村让我从"男人与乡村、女人与城市"的二元对立中抽身而出，让我发现女性的一个众所周知的秘密。如果说"拆迁"意味着对原有生活秩序的破坏，那么相比男性的不适以及消极态度，女人们总体而言表现出来的是另一种感觉，似乎也不是"适应"，而是遇到任何变故都比较波澜不惊。这大概是同为女性的我的一种美好的印象，我们总是很难将自己与他者区分开来。我看这些女人的时候或许也是自我审视，这使我终于回到最初的主题：在谈论"他者"的同时，也找回自己的"身休感觉"。郑伯家的孙女虽然谢绝了我要捎她一起回西安的邀请,但欣然加了我的微信,她们姊妹俩对于祖父母的态度,也是我多年鲜见的,当时就让我很有一种成为朋友的冲动。直到此时,我才觉得自己进入湖村田野的路算是打开了,代际、性别、职业的差异分布差不多可以让我对这个村庄有更全面的认识,尽管"客观"已经不是我的终极目标,有"我"在其中的"深描"更需要不同的人和不同的声音,来弥补我自身的缺憾。

"重返"田野

湖村前后也就去了四次,每次都要沿着G210再转到京昆高速,时而迎着秦岭,时而沿着秦岭,一路上山色阴沉。时间是从初冬到仲春,其间从未有暖和的时候,甚至有两次飘着小雪或者淅沥沥地下着雨。我这个人特别怕冷,所以一直都没办法提起精神,只有其中一次是带着学生去访谈,其余几次都是独自往返。第一次自己开车返回,高速路上广播信号不大好,于是打开U盘里的资源,特别巧就播到之前给我父母存储的歌,那正是一首《敢问路在何方》。在那一刻我又重新升起某种使命感,这种感觉似乎与十年前不同。

当我以"无穷的远方无数的人们都与我有关"作为进入L村的宣言时,到底是将那个恋爱中的女生藏到了力比多升华里。十年后的"敢问路在何方"又把这个问题倒着讲了一遍。

当我面对"知识中产者"的诱惑，面对科层制，面对没有灵魂的"科研"，面对人到中年的惶恐，处于变动、消逝、挣扎以及渴望中的湖村以及其中的人们，他们的消极与乐观、抵抗与顺从、绝望与希望或许正是我所渴望了解的东西。自从将自己的成长经历梳理成"单位家属院的孩子"，我就一直想要弄明白，当一个安全的、熟悉的、稳定的，当然最终也可能是安逸而不思进取的环境，被更强大的力量摧毁的时候，身处其中的我们应该如何应对？有那么一段时间，我甚至将"小农意识"与"小布尔乔亚"的标签贴在村庄和我自己身上，想要给出一个痛快的结论。然而事关未来，任何单一的答案都显得轻率而粗暴。湖村的田野还未结束，我却已经在梦里论证有关湖村的研究课题了，在那个梦中，似乎是回到博士答辩时的场景。在回应那篇论文的选题以及社会调查的意义时，我大概说了两点：其一是"记录"的意义；其二是我作为"实践者"，是在践行"缓慢城市化"，尽管，那个村子乃至那段恋爱早已消失不见。这正像是鲁迅笔下的"坟"，是曾经存活的生命的最有力的证明："过去的生命已经死亡。我对于这死亡有大欢喜，因为我借此知道它曾经存活。死亡的生命已经朽腐。我对于这朽腐有大欢喜，因为我借此知道它还非空虚。"

这个"田野"，我或许从未离开。

（本文所涉及的人物均真实存在，为避免不必要的麻烦，文章中的人名、地名等均为化名。）

一个民间戏班的"江湖"

刘志红

　　2019年临近春节，我再次前往江西省樟树市经
楼采茶剧团（又名高安采茶戏白梅艺术团）。这是
一个有着40年历史的民营剧团，老板为一对中年夫
妇——白根保和白凤梅。2006年，我因写学位论文
与经楼戏班结缘。十年后的2016年，我又对该戏班
展开重访，记录他们的"生死江湖"，转瞬又快四
年了。

礼洲探班

　　高安采茶戏属江西地方戏，主要流行于赣中、
西部县市，2011年被列为国家级非物质文化遗产保
护项目。经楼戏班这次的演出地正是高安采茶戏流
行的赣中地区樟树市。
　　礼洲村为经楼戏班2019年春节前最后一个演出
点。起初老板凤梅告诉我，演出点在樟树市一个叫

槎市的村落，但我们在槎市转悠了半天也没找到戏台。再跟他们反复联系，重新定位目的地，结果从槎市转至乡间小道，开车继续行驶了半个小时，才找到这个位于樟树、高安、丰城三市交界的礼洲村。

戏班演出点很多分布在那些偏僻的村落，对此我已习以为常。虽然礼洲村地处偏远，但是近些年开始的"村村通"工程已经把公交车开到了这里，站点就在村文化中心旁，每天有六班车，两小时一趟，开往樟树市中心。

礼洲村的村中心，舞台车正静静地躺在冬日的斜阳里，驾驶室里的车窗玻璃上还贴着"送戏下乡演出专用车"字样。红底白字分外醒目地提示着，他们刚刚结束的演出正是"送戏下乡"。

舞台车是政府赠送的。为了争取到政府的资助，戏班老板根保曾费尽周折。他当年的焦灼，至今还清晰地闪现在我的眼前。

那是2007年的一个夏日，戏班的演出地——江西丰城某村一栋几百年的老祠堂内，根保意外接到樟树市相关部门打来的电话，电话里的人也没多说，只催促他赶紧到市里来一趟。根保不知何事，不敢怠慢，火急火燎地乘车赶到指定地点。工作人员这才告诉他，省里最近下来一个关于民营剧团的资助项目，因临近截止日期，打报告书面申请项目显然来不及了，工作人员力推根保直接到南昌走一趟，因为根保的戏班是市里唯一备了案的、仍在活跃的乡镇剧团，很有希望拿到这个资助。作为个人创办的民营剧团，根保一直希望能得到上级部门的大力支持。听完情况介绍后，根保眼前顿时燃起希望的火花，当晚赶回来后，第二天天不亮便急急出门。

当晚，天黑透了，根保才满脸疲惫地出现在祠堂里。省城一趟几乎一无所获，晚饭也没心情吃，昏暗的灯光下，根保连连叹气说着经过。他满怀希望搭车到了省城，找到机关办公大楼，快十二点，机关已经下班吃午饭。根保便到办公大楼隔壁一家宾馆买了份盒饭，坐在大门口吃，饭后，重新回到大厅等候。守门的门卫好心告诉他，这事归S处管，下午两点多，S处才有人办公。

我问根保："S处让你填表了么？"

"没有，一个工作人员接待了我，让我把具体情况告诉他。这位工作人员说，他不是很清楚项目资助这件事。我说我在市里填了表过来的。那位工作人员告诉我，以前关于民营剧团的资助，专门拨过款给下面县市，省里也是根据县市汇报上来的情况来考虑资助对象的。那位工作人员还当场打电话给了樟树市分管部门，遗憾的是，电话没打通。"

"这个给剧团的资助，到底是国营剧团还是民营剧团？"

根保摇摇头："没看到文件。"

凤梅道："你要去，要是我，去都不去，没用。上面真知道我们剧团，就直接拨款给我们。"

根保补充说："他们都知道经楼剧团的。我问了他们，为什么我们民间剧团不能赚送戏下乡演出的那点钱？现在江西省有多少县还有专业剧团的？我们剧团从1979年成立到现在几乎没停过。那位领导说，他会跟樟树市的分管领导沟通此事，今天的电话没能打通，以后还会跟他们打电话的。"

凤梅叹了口气："记住有什么用。"

根保紧接着又问我，能不能跟市里说一声，关照一下他们剧团。我表示同情，我只是来做采访，写学位论文用的。跟市里搭不上边，有心无力。

幸运的是，自2008年起，政府开始将经楼戏班纳入"送戏下乡"计划，并逐年增加场次。2018年，戏班的"送戏下乡"演出场次更是达到历史顶点。同在2018年，樟树市又特批一辆舞台流动车给经楼戏班，消息飞走，相关团体简直炸了锅。有个高安的民营剧团演员说，经楼戏班能够"起死回生"，要感谢政府大力的扶持。

除了"起死回生"之难，根保的日常办班路，又何尝不是遍地荆棘！

戏比天大

2018年春节前的一天上午，戏班道具存放地遇到拆迁，戏班移到高安环城路又一个城中村。一排老式民居旁，新建了一间大约百余平米的店面平房，就在里面搁置戏班所有的家当。

路边停放了好几部车，根保和凤梅，以及其他演员早就到了，大家相互招呼。凤梅仔细清点着人数，演员没来齐。她猛然发现有个班底不在，赶紧打起了电话。原来这名演员家里有事，这两天要缺席。

货车准点开来，演员们各尽其力动手装车。道具推上车的一刹那，与车厢发出巨大的摩擦声。喧闹的间隙中不时传来凤梅高一声低一语的恳求："麻烦你，一定要来啊！我马上安排人去接你。"结果还是未遂人愿。凤梅急急喊根保接电话，试图让他继续劝。

根保拿过手机，狠狠按下挂断键，随后放进口袋，继续干手上的活，说道："她已经打算不来，多说无益。"

有人嘟囔了一句："戏比天大。"

凤梅继续愤愤不平，责怪根保头天没能提前打电话沟通好，班底干什么用的。火药味逐渐在他们之间蔓延。

我记得黑格尔曾经说过，世上最深刻的悲剧冲突，是双方不存在对错，只有两个都有充分理由的片面撞到了一起。比如此刻。

根保和凤梅以吵架的方式交流，大家早就司空见惯。戏班老板的管理权其实非常有限，尽力笼络住好的演员和乐手，有时近乎讨好，才是演出质量的保证，也是戏班生存的根本。戏班一旦出现各类让人窝火的问题，夫妻俩除了找对方吵架，还能找谁发泄？演员们对这种近乎自虐的方式都心知肚明，但从没有人说破。

每个人心里都有不同程度的担忧。带着演员严重不足的隐患，车队开始出发去奉新。

根保在戏班里已经摔打了几十年，各类环境下长期与各色人物打交道，官方、地方、演员……历经风风雨雨。宜春，乃至周边县市的山山水水，伴随时代的背景，起落浮沉，统统揉进他的生命历程，也练就了他一副愈加平和的心态。还有什么过不去的坎？有人出发前特意表扬了根保淡定，绝不是奉承话。

　　十二点多，戏班还在装台中，有人过来喊吃饭。主人已经排了不少桌子，分别安置附近的每家每户，连过道上都摆了三桌。这天的中餐属于非正式酒宴，只有八个菜，荤素搭配，辣椒菜自然少不了。人多吃饭有好处，围桌闲谈，哪怕一碗白饭，也照样能吃得香喷喷。

　　缺的演员，依旧没着落，不管如何淡定，眼前的问题还是要解决。根保和凤梅坐在靠近墙壁旁边的一条长凳上，边吃边跟大家讨论这个棘手的话题。戏班现在最缺一个女演员，她要能演丫环、小姐，这以前，是有个来自专业剧团的演员，自她离开戏班后，这个位置一直没人能够固定下来。

　　救场如救火，只好就地想办法。他们将目光锁定在了戏班一名拉二胡的女乐手身上。二胡手当初进戏班，本以演员身份，却阴差阳错被高胡师傅收为徒弟，转行拉起了二胡。凤梅开始猛夸二胡手，唱腔好，扮相又漂亮，且能表演。二胡手的意思很明显，只要她师父同意她就同意。高胡师傅一贯不主张徒弟上台，二胡手久不演戏，上台容易出错。虽说这次剧中角色没有唱腔，但台词却不少。

也不知凤梅他们都说了些什么，决定徒弟"命运"的高朗师傅最后同意二胡手登台。

还差一个演员，戏班花旦火速搬来她的同门师姐帮忙。同门师姐原是高安某个著名戏班的主演，最近不知怎么居然赋闲在家，结果一堆戏班蜂拥而至。她刚刚拒绝了一个，但师妹的面子实在不好驳辞。

虽然临阵换将，好在演出顺利结束，戏班总算又过了一关。实际上，戏班面对的问题常常像这样始料未及，比戏剧更戏剧。

结账风波

2007年国庆节，戏班远赴抚州某村落演出的最后一晚，戏头来结账了。

村里负责结账的人，打着"与谁签合同，便把戏金结给谁"的幌子，把演出费私下交付到戏头手中，再由戏头把钱给戏班。结果，戏班拿到手的比跟戏头事先约定好的费用整整少了一千，戏头只留下一句话：等到了区里再结剩下的，而后带着几个人扬长而去。

晚上十一点半，演出刚结束，戏班所有的人都知道了结账的事，纷纷赶到出事点——戏班化妆间所在的院子。凤梅脸上的妆还没卸完，已经哑着嗓子与村里管结账的男子吵得天翻地覆。

有演员说道："不帮我们解决这个问题，我们就去找你们的领导。"

身穿白色衬衣的结账男子用手指着自己："找我。"

"一定会找到你。"

白衣男子态度一直强硬，并再三申明：与谁签的合同，就与谁结账，此事与戏班无关。话音刚落，凤梅气得一阵苦笑："我们给你们唱了戏，你应该将钱结给我们才是。"白衣男子的话同样也引起了演员们的严重不满，大家围上去七嘴八舌地指责他不负责任。

不知不觉院里围了一圈看热闹的村民，凤梅对身旁一名看上去比较斯文的中年男子唠叨着："戏班受了骗，好多人不愿意来，说可能结不到账，我说不相信，没这么回事，结果还是受骗。"斯文男子建议："那个人说，到区里结给你们，你们到区里找他。"凤梅道："他骗人的，我们把车子开过去，他哪里会结给我们。"

那个斯文男子又问凤梅拿到多少钱，加上伙食费。凤梅答："总共拿了四千块钱，这样地对待我们。"四场戏，平均一场戏一千块，还不算伙食费和车费。

那人同情道："那是有点少。"

凤梅用硬邦邦的樟树普通话甩开来讲道理："你不应该，不应该把钱全部结给他，应该把我们也喊过去，一起结账。我们只拿我们的，其他的该谁就谁，我们守本分。"

凤梅有点舌战群儒的架势，白衣男子依然用非常强势的口吻跟戏班演员们对阵。凤梅继续道："到了地方上，即便当地一文都不结给戏班，我们也没有办法，只能走人。"

黑暗中，有名男演员心酸地说："这几天我们辛苦地演戏，他们几个人，来一下不来一下，拿走这么多钱。"

村中其他几个负责人闻讯陆续都来了。渐渐地，在沟通中，他们获知事情的原委，纷纷对戏班表示极大的同情。一名四十几岁长相白净的干部说道："这几天戏班演出确实比较辛苦，问你们拿了多少钱一场，你们总是回答说一千八，我们都信以为真。"凤梅把不说实话的原因老老实实地解释出来：按照戏头在村里签合同的数字答复当地对戏金的问话，这是戏班在外演出不得不遵守的潜规则。人在屋檐下，不得不低头。大家都叹息一阵。

事已至此，凤梅提出，干部们最好能出面干涉一下，毕竟损伤的是双方的利益。一方面戏班收入减少，另一方面此事若传出去，对村子的名声也不好，结账不清，以后哪个戏班还敢来演出？权衡利弊后，村书记决定，亲自用摩托车带根保到戏头家中结账。其他人也都提议戏班最好留下来等根保把账结清再走。凌晨一点，大家已经将车子装好，很疲惫，但所有的人都在静静等候。

夜色越来越浓了，依稀听见凤梅还在院子里跟几个村民聊天。黑暗中，有个村民说：这件事情明天要是抖搂出来，村民肯定闹翻天，每人出资二十元，没有落入戏班的手，反而落到别人口袋，糟糕的是最终还落下个名声不佳。有人补充道：这个戏班是近几年来演出效果最好，而钱却花得最少的一个班子。明年还请你们来，不要通过什么中介戏头的。

此时一名乐手的电话响了，根保打来的，他结到560元，只能这么多了。剩余的钱，村书记说，让戏班等到第二天，他们将召开全村大会，由贪污了戏金的村干部返还。考虑到戏班二十人的吃住实际情况，根保决定放弃。他让戏班开拔，到前面的加油站等他。

这之后，抚州当地仍不断有人打电话给根保要求写戏，但他坚决不肯再去。根保写戏只写他有把握结到账的演出点。

村落写戏

有人的地方，便有江湖。

2017年春节期间，戏班过把（转场）到高安演出。午饭刚过，无意中打听到根保即将去附近写戏，我要求跟随。根保答应了。

关于写戏，我无数次听根保谈论过写戏的艰难，最突出的一点，便是戏金谈不拢，但一直无缘亲见。

下午一点半，演员陈公子开车带着根保和我，朝十余公里外的高安某村驶去，这里也是根保一位朋友李师傅的老家。我们到达村口时，眼见一辆卡车停在公路一侧，陈公子把汽车开过去紧挨着停稳。

刚打开车门，我们立刻被漫天飞舞的黄沙包围，几乎让人难以呼吸。目之所见，一条简易公路将农田与村落分开，向前方不知名的乡村一直延伸。

根保打电话给当地的联系人见面。不一会儿，一名60岁左右中等个子的男子应声到村口接应我们。

顺着高高低低的石子路，男子带着根保先跟两名年龄相仿的村民汇合。其中一名戴鸭舌瓜皮黑帽胖男子位于路口的拐弯处，另一名更年轻些的则早早走在前方拉开距离。只见黑帽胖子一把握住根保的手，两人开始相互争夺着给对方打烟。香烟此刻作为快速沟通的名片和中介作用立马显现。

来的路上，根保和陈公子还在车里交流写戏心得，要是对方肯接下一包烟，说明此事便定了。

这两名男子嘴里叼一根，耳朵上又夹了一根，大家各怀心事在一栋平房前一起停住脚步。根保扫视了一眼附近的建筑，感叹道，完全变了。二三十年前，当时还是打鼓佬的根保，跟着父亲一手创办的经楼戏班曾来此地演出过。那会儿流行卖票，有村民想逃票看戏，结果被根保发现了，为此还打了一架。

那名年纪稍轻的男子开始发问："戏班有多少人？"

"二十三个。"

黑帽胖子叼着烟打起了电话，在他高一声低一语的背景下，根保与其他两人开始就左堂（乐队）的编制问题展开讨论。

根保显得自信满满："可以说，高安目前找不到我这样的左堂，我有九个人。"

"效果是看得到的。"大家都非常认同这个最后定论。

每个人面前都飘起阵阵烟雾。三人停止交谈，眼巴巴瞅着正在打电话的黑帽胖子。不一会儿，打完电话的胖子，指挥大家三拐两弯朝村里的祠堂出发。

祠堂位于村子的最高处，两层楼，红白相间的外墙修葺一新，四周地面铺着水泥，在周围大量还停留在农耕时代的沙土路面和低矮平房对比下，具有格外惊人的视觉效果。

大约两三百平米的大厅里，几根浑圆的红色柱子装点空间，中央一个天井。四周墙壁上布满了各色镜框和牌匾，几台电视机夹杂其中。大厅深处正前方上书三个大字：世德堂。紧接着则是个一米多高带底座的神龛，竖长方形，无垂帘，有门。门上红底金字，描龙画凤，里面供着本家的祖宗牌位。

大约有十来张桌子一起哗啦啦作响，摸牌的、打麻将的，男女皆有，遍地都是，唯一的一张乒乓球桌前，却空无一人。

全祠堂的人都扭头打量我们，纷纷窃窃私语：唱戏的来了。

刚才见面的三人，加上一名在此等候的男子，组成村里的四位干部。两名村长加两名会计，一起围着根保，在一片稀里哗啦的麻将声中，会谈开始。

焦点果然如根保平时谈到的，主要集中在戏金的方面。

那个年轻稍稍的干部继续道："要是唱得好，明年还请你们。要是唱得不好……"他停下默不作声。

根保道："生意谈得成就谈，谈不成就算了。"

根保继续声明他的条件，并补充这是他听来的头年此地的演出行情："看看划得来还是划不来。四千块一场，吃饭出一千块钱。"

胖村长两手揣在裤子口袋里，挺着快把衣服撑破的肚子，边听边摇头，嘴边燃烧殆尽的烟灰随着身体晃动纷纷落下。年轻点的村干部挥着手，发表不同意的看法："出个煮饭的，其他的不可能出。"

在人声麻将合成的交响曲中，根保把陈公子喊到一旁，两人低声嘀咕了几句。

村干部们抽空关心了下附近桌上村民手中的牌后，自己也开始出牌："一万演三场戏，伙食不包。"

根保回牌："一场四千。"

有点打不下去了。

胖村长吹起牛来。说是为了演戏，他们打算不惜代价请某个著名民营剧团，甚至想请高安市剧团来。

此话一出，立刻遭到陈公子有力反驳："我就是专业剧团出来的，那个民营剧团的负责人我也很熟。"

事实上，高安市剧团下乡演出，正月里没有一万元以上一场休要请动他们。某著名民营剧团一场少于五千元，根本不用谈。

根保则趁机将一位高安非常有名的演员抬出来，声称自己正是她介绍来的："要是她推荐一个演戏很差的剧团来演，岂不丢自己的脸？"

根保继续分析自家的优势："我们团是固定人员，钱多钱少都一样，都这么多人。"

"你演员多。"

"我演员乐队人都多。"

双方据理力争，根保也不让步，"你们如果接受这个价格，我们团就来玩玩。如果哪个团一万元三场这个价肯唱，你就叫他们来唱。"

话音未落，最先接待根保的男子开腔了，他加价一千，三场变成一万一，其余什么都不包。

村里明显开始退让。

几人的交谈引来村里妇女的围观。有名看上去六七十岁的妇女劝根保也让步，一旦打开局面，后面就好办了。根保坚决不同意，少于四千元一场不行。

眼见谈判没有进展，根保拿起放在桌上的包，冲陈公子使了个眼色："要不等她过来吧，这个地方难找。"这个捏造出来的"她"顿时身负重任，将两人一起解救出来。适时撤退，不要恋战，这是根保长期写戏总结的经验。我们三人出了祠堂。

车内，根保疑惑道，为什么村干部当中，一直有人话里话外地挤压他排斥他。

车还没驶离村子，李师傅电话追来问写戏结果，并让根保停车等候消息。十几分钟后，罗师傅通知根保，村里答应了四千元一场的价格，不管饭。

在一片哗啦啦的麻将声中，新一轮谈判又开始了。根保本想把几个村干部喊到门口商量，但干部们都不肯动窝。确定好了戏金，接下来便是细节，哪天上门，还有住宿等等方面。

"去年拿了烟没？"

"没有，"胖村长摇摇头。

"是怎么样就怎么样，我们也一样的。"

安全戏要出煞的，根保提到红包的问题。

"没有红包的勒。"年纪稍轻的干部赶紧补充。

"出煞绝对要包红包，没有听过哪个地方出煞不包红包。"

"没有这个事。"

"多少是个意思。"

其他两名干部眼看要僵，马上在根保和这名村干部之间和了个稀泥。胖村长赶紧打出著名的交际名片——香烟，塞给根保。阵阵吞云吐雾中，根保强压下内心的不快。他太想拓宽市场了，活跃在高安的民间戏班有十几二十几个，村干部们若放出演戏的风去，盯着这个点的便不只一个民营剧团。

大家又就时间问题开始讨论。村里要求正月初九进门演出，根保大呼不行，戏班正月十五以前的日期全部排满，并签订了合同。

实际上作为一个演出行情好的戏班，不单正月十五前满的，甚至整个正月都是满满当当。写戏的合同早早签订好，这种提前几天来写戏，一般只能发生在淡季或是插空档。

那名说怪话的男子有点心不甘，继续拆烂污。旁边围观的几名妇女纷纷为根保打抱不平，把人家喊回来，还不答应人家，太说不过去了。

终于不再持反对意见。双方达成口头协议，正月十六开始起演出三天，遇下雨推延。

三点多，我们驱车返程。回到车内的根保告诉我，一般戏班跟地方演出都有纸质合同，并交押金。当然口头协议也算数。我问他，如果相同时间还有别人来约戏怎么办？根保道，就价格高的先演。

"如何给他们解释？"

"就说前一个点要求推延，多演两场。谁让他们不交定金签合同。"

汽车驶经附近的镇上时，根保对陈公子道，能不能找个店买瓶水喝，他的嗓子已经干得冒烟了。

即便艰难，但根保还是非常愿意在高安写戏。除了演出机会多之外，高安的整体住宿条件都不错，不像有些演出点。

住宿问题

2016年国庆节的某个夜晚，11点多，我刚躺下，推门进来了个十一二岁的小男生："你们不关灯睡？"

"我们人还没到齐，还有两个没来睡。要么我们算点钱给你？"屋内有人道。没有答复，小男孩合上门离开。小男孩是房东家的孩子，睡在我们对面的房间，二楼西侧的房都给了戏班落脚，他妈妈则住楼下靠东的房间里。

傍晚，我放了半天据小男孩说有热水的莲蓬头，除了冰凉的冷水流一地外，什么也没有，房东把淋浴的热水关了。其他几个人也都没洗成澡。演出结束后一个个烧水轮流来，显然要到后半夜。好在天气还不算热，夜晚甚至还可以说冷。

第二天早晨六点刚过，天已大亮，太阳透过没有遮盖的窗户，将刺眼的光全部洒进这间靠南的屋子里，也将楼下的每一丝动静飘入耳边。传统乡村，没有集体意识，村民只要一起床，不管早晚，都会用正常的音量说话。

大家都醒了，没有人能再睡得着。我们边起床收拾，边交流生活不便造成的麻烦。演员们总结，只要不是演戏的东家及其亲属接待，村民对戏班的态度大抵如此，大方的总是比较少。

凤梅道："房东说的，让我们去上屋后的厕所。"

我问："什么样的厕所，有屋顶的吗？"

凤梅含糊地答："乡下的厕所就是这样的，有抽水的叫卫生间。"说着她准备动身去找厕所，房东已经把水关了，卫生间顿时成了摆设。

现实问题仍需解决。凤梅告诉我村民自建的茅厕位置，我抱着参观的心理去看了看。结果只见了一眼，我无论如何都不肯再去。正当我发愁之际，有人建议："你去拎桶水来冲，我已经拎了两桶水。"

果然好办法，我拿桶"噔、噔、噔"跑下楼，到院子里的手摇井处取水，吭哧吭哧提上来。凤梅问我："味道好么？"

关于住宿这个老大难问题，看来不能指望演出点比较好地解决，得尝试自己想办法。

刚来村里时，演员们等东家疙疙瘩瘩地安排住宿的功夫，已经讨论过一回。有演员建议，戏班每人可以稍稍少分点钱，让大家住招待所。附近乡镇一级的招待所，带卫生间的，也就50元一宿，可以解决现在面临的各色困难。

这个提法显然不会通过，当然因为钱。戏班现在的演员跟十年前相比，结构上有了很大变化，先前几乎都是农民演员的阵容，如今变成两大派：传统式的农民演员和城里退休的演员，各占半壁江山。有退休金的演员来戏班唱戏，早已突破单纯式的养家糊口，不愁吃穿的他们，还愿意过戏班流动的生活，体会种种不便，用"情怀"两个字来解释恐怕更为合适。而农民演员却完全不同，这是他们赖以生存的生计，饭碗所在，多分钱当然最重要。哪有赚钱不吃苦的，他们不都这样过了十几或者几十年？

果然，根保首先表示不同意，他的想法听起来也相当实际。除了住宿，吃饭咋办，也到招待所吃？如果在演出点吃饭，还牵涉中午午休的问题。很多村子都离乡镇较远，来回的交通又该如何解决？一旁的凤梅也强烈反对，带来被褥的演员压根不会同意住招待所。

一阵沉默后，话题中止。

"江湖"未来

礼洲村的根保看上去有点憔悴。他从他爹白老爷子手里接管经楼戏班已经二十年了，用创始人白老爷子的话来说，如今办戏班比他那个时代难太多了。

根保有理由心力交瘁。2018年经楼戏班的班底分去大约一半人，单独成立了一个新戏班。春节前他们开始排戏，只等年后开班演出。

2019年春节期间，我在高安采茶戏几个微信大群里见到了不少新戏班的消息。这个戏班将高安采茶戏几个非常强势的演员招致麾下，吸引了不少人的关注。

根保本有机会跟他家亲戚改行开纸箱厂，樟树、高安一带，不少人都通过开纸箱厂发了家。可他偏偏不舍得放弃唱戏。结果同为老板，纸箱厂老板已经年入几十上百万，而他这个戏班老板还在睡地铺。

根保睡地铺时日长久。他办戏班多少年，便睡了多少年的地铺。如果睡地铺能够解决所有的问题，他肯定宁愿睡地铺。可惜的是，天下的事不是靠努力便能成功，但如果不努力，根本看不到希望。

民间戏班或许是最能反映时代变迁的一个群体。戏曲发展千年的历史也以一种"横向吸收、纵向继承"的方式，将烙印深深打在以经楼为代表的民间戏班身上。

中国戏曲自诞生起，便以一种非常自然的形式生长于世，

崖边·吾乡吾民

这个载体就是戏班。即使戏曲在城市活动兴致很高的近现代，民间戏班也仍然是戏曲主要的传播形式。

2017年底，文化部经过两年的戏曲普查后宣布，截至2015年8月31日，全国共有348个剧种，其中分布两个省以上（含）的剧种为48个，分布区域仅限一个省区市的剧种300个。全国参加本次普查的戏曲演出团体共有10278个，其中国办团体1524个、民营团体（含民间班社）8754个。目前，共241个剧种拥有国办团体，其中120个剧种仅有1个国办团体；共107个剧种无国办团体，仅有民营团体或民间班社，其中70个剧种仅有民间班社。

梁漱溟说，什么是中国文化的"根"？就有形的来说，就是"乡村"；就无形的来说，就是"中国人讲的老道理"。"中国人讲的老道理"栖身于三百多个剧种里，栖身于分布最广、数量最多、生命力最顽强的民间戏班中。中华文化之所以能凭借最长的寿命立足于世界，靠的正是这些长在广阔天地之间、偏远荒漠之上一颗颗生生不息的种子。

每一个乡村，每一个族群，都是国家身上一道道细微的褶皱。只有最细微处发生了变化，我们国家的样貌才真正嬗变。根保们的命运，也正是地方戏的命运，中国传统文化的命运。

由此，我们要拷问一个终极问题：我们从哪里来，要到哪里去？

"新农夫"返乡记

崔国辉

一

一夜火车，到站了天还未亮。

在站前等待，东方露白之后，我才背起两个大包向这座城走去。昨晚刚下过雨，地面湿润，清早的空气里夹着水雾。悬铃木排在路旁，生出茂密的新叶，淡绿色。塔吊的长臂横在头顶，肆意伸到好远。

这是我年少时经常徘徊、游荡的城市，生活着我的亲人的城市。如今，我却作为陌生的他者回来看看，像一个匆匆的过客。

大学刚毕业时，我要去城里找工作。那次，父亲用自行车载我去村口坐车。我对陌生的城市既充满了新奇感，又怀有一丝对未知的恐惧。父亲还鼓励我：怕啥哩！干不好了再换个地方。

地方确实换了几次，只是没想到会越走越远，这一出门就很难再回去了。

年过半百的父母也抛下农村的土地和房屋，跟随我进城打工了。

当父母留在村里时，我觉得自己与村庄还保留着一份坚固的东西，有家，还有树木和念想，能够常回去看看，四处走走。那些老邻居、旧房屋、河流、大堤、庄稼地、野花、院子上空的鸟，甚至干涸的池塘、荒芜的野草，都还为自己保留着一份家园情感。我在它们之中活着。

然而，父母也离开了村庄。那一切在我看来"坚固"的东西，慢慢烟消云散了。

二

工作几年后，我考上了外地大学的研究生。这次回来便是为户口迁移的事情，找村里签字、盖章。

时间尚早，我决定先去看望大姨。她家住在市郊。我上中学时经常去她家玩，可是几年不见，也不知他们生活得怎么样了。

在清河桥下车。犹豫中敲开了大姨家的门，姨夫披衣起床，将我让进屋里。放下行李，说明来意后，表弟带我们下楼吃饭。豆腐海带面，就着蒜，黄酒是必不可少的。吃着家乡的美食，我和表弟聊起了天。

"旅馆生意经营得咋样？"一年前大姨给我们打电话借钱，

说是儿子盘了一家旅馆做生意。所以我有此问。

"没搞了，转给别人了，"他说，"你还不知道吧，去年冬天开车撞到人，赔人家十几万，就把旅馆转手先弄点钱用。这事还一直瞒着你姨夫呢。"

姨夫原来专开夜间出租，辛苦了20多年，没挣到什么钱，却在前几年突然中风。幸亏治疗得及时，才没落下太大毛病。但元气已去，常休养在家，不敢受大的刺激。

"那你现在做啥？"我继续问。

"给药店帮忙整理下仓库，还在铁路桥那儿搞了个麻辣烫的摊位，挣点小钱。不是出这事儿，我才不干这个，开旅馆多来钱。"他说。

"也算是个教训吧。不管咋样，长大了搞点正事就行！"我突然意识到自己的口吻变得像个兄长。那种长时间不见面的生分感，竟然变为理直气壮的"责任感"。

匆匆吃过面，表弟抢着付了钱。

我才想起刚才临出门时，姨夫在我耳边悄悄说"劝晨光快点结婚"。返回路上，我提了一句。表弟说，还没想这个，先挣钱吧。

三

县班车总站原来在江边，靠近市中心医院。这两年因为江滨别墅开发，车站不得不腾地方，搬到郊区了。

新修的车站很是气派，但一上车，就立刻发现气派背后的"土里土气"。车厢的台阶和厢底糊着泥巴块儿，塌陷的座椅上仍是套着某医院的妇科广告，女售票员用瓮声瓮气的声音和老奶奶为一块钱而争执，司机还是喜欢与旁边的人谈笑风生……多少年了，似乎一直没变。

回家的路没变，行道树却变了，满是红叶石楠。本是春天，汽车却好像游走在秋天的红叶之海上，劈开一个又一个波浪。

路口下车。我遇见两个等车的人，面孔似曾相识，但又不敢确认。走几步，回过头来，还是觉得熟悉，便试探性地问了一句，果真是堂嫂（同一个家族）。见她旁边还站着一个姑娘，皮肤白嫩，个子高挑。堂嫂介绍，这是女儿巧巧，现在都二十岁了，在武汉打工，请假回来几天又要出门。我的意识里巧巧还是个说话不清楚的小女孩儿，贪吃，经常从我家门前跑过。如今已出落得大大方方了。只是堂嫂的面孔干瘦，满是雀斑，与女儿的水灵形成对照。

她热情地告诉我：你大嫂子也在家，跟老秦、大坪他们搞沙场，让他们来接你。

我说：没事的，晃悠着就回去了。

四

我不想让自己唐突了他们。

但过往的记忆却一点点涌进脑海里。

大嫂子黑。母亲喊她时便把黑字加在名字前头。她和母亲年龄相仿，一双儿女和我差不多大，都是名牌大学毕业，工作好几年了。孩子聪明，自然不用她操心。其实，她操心的就是自己怎么玩好、吃好。但话说回来，大嫂子心肠还不错，邻里有个三长两短，她总是乐意帮忙。

老秦，我对他的印象还停留在小学时。我上一年级，他六年级。再后来，听到的消息是，他在城里当了老大，开录像馆，开赌场和歌厅，还养了一帮兄弟。时而风传说他进了监狱，没多久又风传他出来了。总之，他的名字像法国诗人波德莱尔笔下的"恶之花"一样在村里流传，其他我能见到的村里混混们，据说都和他有关联。黝黑面庞，中分发型，胳膊上用烟头烫制的花痕和冰冷阴森的目光，刚被"劳改"过休养在家而不干活的某个邻居，就是我对他们的全部印象；只是中分的头发有时换成光头而已。

大约五六年前，老秦结婚，回村里置办酒席。整个族里人都去了，村干部、镇干部也都去了，大为风光。

母亲说：好多人抢着点歌，我们老实，也没点。

母亲又说：新媳妇儿好漂亮，比你还小呢。

至于大坪，像老秦一样，都是我的堂哥。我们的祖父辈是亲兄弟。大坪脑子活络点，跑运输挣到钱后，买设备开了沙场。可是老秦回去后势力比他大，便将沙场给占了，大坪只能退居次位。

五

从下车路口往村里去的路上，虽然只有短短几公里，却浓缩了我"出门"看世界的全部途径。包括去邻市的外婆和姨娘家，去住在城里的大伯和姑姑家，去更远的城市看病……还有11岁去做学校寄宿生，直到初中、高中，每周穿行在这条路上，然后是去异乡求学，毕业后漂泊到更远的地方。

这条路，对于我的妹妹也是，她年幼就辍学外出打工，不同的城市都由这条路通往。对于村子里其他每个外出的人也都是。我们离开村子，就像长大的孩子离开母亲。

这里有过我的欢喜和孤独，有过我的骄傲和羞愧，也有过彷徨和眷恋。爱和恨，从来都不能分开。

时光像流水一样，改变了一切。曾经的土路变成了水泥路；水泥路经过几年的辗轧（一是质量不好，二是运沙石的车超载），变得坑洼积水，泥浆四溅，大有变回土路的趋势。路两旁的庄稼、草木全变成了楼房。有的楼房安着防盗网，像一座大监狱。越是后起的房子越是豪华敞亮，但事实上，除了过年平时都少有人住。

经过邻村的小桥时，发现河渠的水变干净了。原来的拱桥，如今变成了平桥，很呆板。家家户户门前种着两株常青树，隔不远有一个青色大垃圾桶。

原来觉得很远的路程，现在不觉得了。

六

去了一个堂哥家。父母外出打工将老房子钥匙交给他保管。他是老秦的哥哥。但两兄弟性格差别较大。哥哥为人正直，以前与我家是隔着一口池塘的邻居。

照例去村口超市买了油和米，买了一包好烟。递给路边老人一支，询问堂哥家的位置。因为新起的房子都长得差不多，排排坐，不问是左数还是右数第几个，根本没法辨认。

给堂哥打电话，他们去镇上赶集，快回来了。

门前是垫高的台基，台子下面青草茂密，一只黄狗在草丛边站着，并不吠叫。看着走过来的女人抱着婴孩，我赶忙打了招呼。有一堆木头放在一起，我找了干燥的地方坐下休息。

堂哥和嫂子回来了。

他的右臂打着石膏，一问才知道在建筑工地干活时摔折了。

我们在院子里坐下，阳光不错。院里辟出一片菜园，种着时蔬，还有几棵橘树、梨树、枣树和银杏。酢浆草开着粉色的小花。

嫂子摘菜、做饭。我和堂哥相互询问近况。

"下次别买这些东西了，你们回来就行。一家人拘束啥。买了我还不乐意！"堂哥说。

我点头称是。

饭菜上桌时，进来一个魁梧的男人。黑，平头，声音低沉、沙哑，眉毛两边上翘，眼里射出一道锐而硬的目光。尽管多年不见，我一下猜出是老秦。没等堂哥介绍，我先递过去一支烟，叫了一声。

老秦：来来，坐下。好些年不见了吧！

我说：嗯。只记得那时候我上一年级，你上六年级。（刚出口，我立马发现这种回忆带着不协调的傻气）

他没吭声。

饭桌上，堂哥不喝酒。我和老秦分了一瓶啤酒。偶尔碰下杯，他放低杯沿。嫂子不停地劝我们吃菜。

老秦的电话不断："XX，急个球，扒拉几口饭就过去。""我X，又趴窝了，跟你们说过堤脚那儿容易陷里头。""不会先拦住吗，等我过去解决……"话里始终带着不容置疑的威势，眉毛抖动，不曾露出半点笑意。

电话间隙，他问：现在搞啥工作？

我：工作辞了，想再去读点书。

老秦：蛮好滴。小叔是个好人，以前你爹妈吃了不少苦供你啊。现在出去混到这样，要对他们好点，知道吧。

我点头称是。

老秦：以后出来还想干啥工作？

我：当老师吧。

老秦：咋不去当官哩！

七

吃完饭，去村后转了转。老宅基地的房子大多都废弃了，有的只剩下一堆碎瓦砾。人搬走了，自然力开始恢复：大半人高的蓬蒿遮住了家门，小鸟衔籽丢落而生出的构树拱出了院墙，野草野花封住了道路，织满了干涸的池塘底部。我去看了几个老邻居，然后在其中一人的带领下，找到文书写了个户籍证明。去文书家里时，他正在睡午觉，骂骂咧咧开了大门。我赶紧递上烟，简单说了一下自己的情况，他劈头一句：只要有点本事，谁不想离开这破村子！天天受着窝囊气！

我愕然。

又找村书记盖了公章。接着要回镇上。老秦知道我开车技术不好后，他执意要亲自送我去。

黑色的汽车铺满浮灰。

路上又聊了一些。得知他因为"机遇"好，回乡搞"二次创业"，除了沙场，还包了村里的政府饮水工程，修筑河坝。自己也掏钱修了一段路，凡是外地运输沙石的车辆，都得缴纳一定通行费。在城里，开有借贷公司等。他谈起来很平淡，丝毫不避讳任何事情，大有"我的地盘我做主"的气势。

他说，现在已经在城里买了别墅，不习惯村里住，每天早上五六点开车来，天黑了再回城里的家。我又礼貌性地问了他的家人。他说，你嫂子在家专职接送孩子。

送到目的地，我就跟堂哥说，你忙，先回去就行。他一再强调：下次别为这事还跑回来一趟，给我打电话，我就给办了。

我说，好。

八

很不巧，今天周五，干部办事去了，值班人员告诉我下周一再来。天开始热起来，又干渴，匆忙间我打算先返回城里。

就在车子启动的那一刹那，我心头一紧，不由自主地颤抖起来：我还没有去看看我的外婆，我还没来得及去村外的小河边和庄稼地走走呢……

无数的记忆片段再次涌上心头。

五年前离开家乡的那天，我去麦地看看。一辆大卡车正从堤口歪歪斜斜地开下来，道路被拓宽了两倍，下面垫着砖瓦废料，还有很多烂鞋底、皮革、细铁丝、塑料等。沿路栽着电线杆，拉着电线，像魔鬼挥着的黑鞭。再往前走，大堤的坡路也被拓宽了，布满了重型机械的履带印痕。大堤本是用来护坡的，但芦苇根已被村民们挖刨一空，卖给了药贩子，现在堤坡全部种上了庄稼！

再也看不到芦苇丛了，洪水来了再也没有什么能够挡住。我当时就觉得心疼、心凉，不知所措，仿佛挨了一顿猛击。

让时光倒回十年前，我还在上初中，放假时去地里帮父母干活儿，黄昏时分，伴着夕阳归家，父亲在前面拉车，母亲在后边推着；她嫌我年纪轻，只让我在上堤时出把力，平地就叫我在后边走着。此时，一轮硕大的满月正从东方的村庄上空升起，银辉皎皎，我故意拉开一点距离，望向前面父母和车子的剪影，仿佛凝成了一幅画，永远地珍藏在脑海里。

让时光倒回二十年，我刚上学前班，放学了就和小伙伴们相约在大堤上做游戏、疯闹，在父母的呵斥下才不情愿地回家吃饭。那时，人们都还用板车拉粮食，农忙时，一车一车的粮食络绎不绝地从田地里往家里拉，常常在堤口"堵车"，排成一溜儿，互相帮着往堤坡上推。不管车上装着的是麦子，是玉米，是黄豆还是高粱，都是满满的金黄色，渲染成一片，汗水、笑骂声、号子声，混合着村庄上空的炊烟、天上的云霞，整个氤氲成一片金黄色，永久地嵌在记忆里了。

记忆，有一天也会灰飞烟灭的吗？

九

算一算，我已经离开家乡近十年了。当年那个坐在父亲自行车后座上的农村青年已经成熟了，他不会再为陌生的城市生活而恐惧。

毕业后，我先在南方城市工作一年，又转而北上，因为机缘巧合，参与到当代的乡村建设事业中来。在京郊的生态农园里，学习生态技术，培育生态农业人才，和无数热忱的青年分享、交流，大家共同憧憬一个美好的乡村生活。在"新农夫"的眼里，农业不能仅仅是面朝黄土背朝天的辛苦劳作，它还包含着生态、生活和艺术，更包括和大自然打交道的技艺和智慧，甚至，还有农人们的尊严。

很多年轻人带着这样的梦想回去了，他们成为新时代的返乡青年，希望为日益衰败的故土家园注入活力。不错，有人回去就有希望。

有句话说得好，不要等到落叶了，才归根。我期待有一天自己也能够回去，回到生养我的故乡，做一个添砖加瓦的建设者。

那时，我再也不是游子，不是过客。

我是归家。

现代版"修身"和"齐家"

范雨素

　　我曾在一次演讲里说过:"普通的农民工现在只操心孩子的教育问题,他们希望孩子能像城市孩子一样得到良好的教育,留在农村的农民最担心儿子娶不上媳妇。教育是修身,娶媳妇儿是齐家。"

　　我从20岁离开家乡以后,每次回家只是蜻蜓点水地呆一两天就走,但因为经常和母亲通电话,对家乡的故事也了如指掌。我的小女儿,二伯父家小堂哥的小儿子,我大伯父的曾孙子,还有我舅舅家的孙子,这四个孩子年龄相仿,是同龄人,可他们却分别过着四种不一样的人生,南辕北辙,阶层各异。

　　我的小女儿叫"北漂"的孩子,叫流动儿童,没有北京户口,找学校很艰难。约在2015年,我看到《三联生活周刊》上的一篇文章《被北京赶跑的孩子去哪里呢?》。看了后,我得到信息,把孩子送到衡水的私立学校读书去了。在衡水读书,一年下来学费加上生活费共需2万元。我做保姆，一年能挣6万元，还能养活孩子读书。我在北京租房的邻居对我说，他们的儿子，从小学就在老家合肥读私立学校，一年的全部花销是3万。他们两口子一年约能挣八九万，把挣的约一半的钱都花在孩子的教育上。

我舅家小表弟的孩子跟着打工的爸爸妈妈在福州"南漂"。福建对流动儿童制定的政策很宽容，孩子在福州的公立学校读书。表弟两口子对孩子学习很重视，给孩子还报了好几个补习班。

我二伯家的孙子，我小堂哥的儿子在老家的公立学校读书，从上小学一年级就要寄宿，小堂哥的孩子成绩不好，小堂哥两口子没出去打工，只是在家种地，也没给孩子报补习班。孩子如野草般疯长。

大伯父家的孙子，我侄女的孩子。侄女两口子是襄阳城里的医生，叫中产。他们的孩子在城里读书，双休日还要上几个补习班。

闲暇时，我经常想，这四个孩子的祖父、母辈是亲兄弟姐妹，起点是一样的，这4个孩子长大后命运各自会是什么样的？南漂的孩子？北漂的孩子？种地的孩子？中产的孩子？

每次和母亲通话，母亲都会和我谈起现在说媳妇需要多少彩礼。说现在说一个媳妇要20万彩礼，还不算上别的花销，比如，还要有城里的房，还要买个车。

我种地的大哥50多岁了，还在杭州打工，给我的小侄儿挣彩礼钱。母亲说，现在谁家能说上一个媳妇都要供起来，屋里头的人，个个都要抬举她。

我琢磨，计划生育是把双刃剑，100年前女人连名字都没有，叫 ** 氏的居多。像林徽因、陆小曼这样有名字的女人寥若晨星。所以被写民国想象体的人利用，说民国好呀，大师辈出。

我的母亲、我的祖母，是1949年以后才有名字的。新文化运动100年，女人有了名字，农村女人因为计划生育的缘故，男多女少，物以稀为贵，大白菜成了龙舌兰，还有了至高无上的地位。

我家是襄阳市近郊区，村里做父母的，每天都在为儿子们的婚姻愁白头；那偏僻山区的父母更是不知道在为孩子受着怎样的婚姻煎熬。

我在皮村的文友诗人小海对我说，他们村有一个女孩是傻女子，下雨天，不会避雨。就这样，已经结了两次婚了。第一次结婚父母收了20万彩礼，然后离了，重又找了个人家，又收了20万彩礼，又嫁出去了。这个傻女儿给父母挣了40万彩礼。

现在的农村最头疼的事是给儿子说媳妇。我们村子是襄阳市近郊，位置好，原以为会好一点，可没想到也这么难，如蜀道一样难。

我二伯家小堂哥的大儿子今年25岁了，小堂哥一直在村里，靠种地生活。除了种自己家的一份地外，还捡打工人家抛荒的地来种，地种得太多，只能没白天没黑夜地干，累得呲牙咧嘴，牙都豁了。

小堂哥靠辛勤的劳动，置办了两处大院子，盖了三栋楼，约1000个平方，还买了一台八成新的黑色名牌小汽车，小堂哥觉得这样就能给儿子说上媳妇。可是世道变得快，现在说媳妇，农村的房子不中用，只有城里的房子才有用。要有城里的房子，小汽车，20万以上的彩礼，这三大件，才能说上媳妇，没有这三大件媳妇不登门，小堂哥咬咬牙，在襄阳城里付了首付，我的堂侄才订了婚。

今年才49岁的小堂哥已经累得脱了形，比鲁迅先生《故乡》里的老年闰土，还恓惶。我大哥的儿子，也到了要结婚的年龄，房子、车子、彩礼这三大硬件，至少要100万才能凑齐。我大哥没有钱，在家种地也赚不到钱，于是托我小姐姐介绍工作，我小姐姐把大哥介绍到养猪场打工。小姐姐动不动就忿忿不平地埋怨母亲是个重男轻女的人："我读高三时成绩不错，第一年没考上是失误，如果复读一年也能考个大学。可父母不让复读，没有远见，现在也不能帮衬大哥，只能介绍大哥到养猪场打工，如果复读了上了大学。那个时代的大学生，现在肯定有好工作，肯定能给大哥介绍一个像编辑那样的高级工作，也不用去养猪场干活了。"

大哥哥挣不出来三大件，小侄子虽然也是读了大学的人，但现在大学毕业也是打工，小侄子也挣不出来三大件。我大哥少年时是要当文学家的人，是喜欢用全景视野看问题的人，是有大局观的人。我大哥坐在堂屋的门槛上说，虽然现在好多农村娃子去读了大学也白读，也赚不了钱，但现在整个国家的国民素质提高了。解放前100个人里只有三个人认得几个字，现在我们村里没有文盲，过年返乡，大学生摩肩接踵，好歹这也是我们国家有力量的表现方式之一。

我的小侄子因为没有结婚，有了大量的时间追逐梦想，做个追梦人。小侄子的梦想是为祖国的环保事业做贡献，让天更蓝水更绿，绿水青山才是金山银山。小侄子去年打了一年工，攒下一笔钱，于是就拿着一笔钱，今年年初来到了318国道上，走川藏线，边走边捡路上游客遗弃的垃圾。端午节这天，小侄子和全家人视频，我在视频里看到，川藏线上，熙熙攘攘，好多人选择了为环保做贡献，小侄子每天保持走3万步。我的母亲，也就是小侄子奶奶，出生在解放前，没上过一天学，思想跟不上。母亲不停地说小侄子正在干啥呀"净做这没屁眼的事"，好不容易攒的一点钱又给扑通干净了。

我做保姆的朋友小蓉，是内蒙古林西人，她告诉我，他们村只剩了几个老人留守了。村里的地都荒着，因为这二十几年都不下雨。没有雨水，就长不了庄稼。人们都要靠打工才能生活，她小时候9岁上的学，要翻一座山到乡政府所在地上小学，上完小学，因为家里穷就辍学了。小蓉比我小三岁，干起家务活，如旋耕机耕地，如推土机推残垣断壁，快得让人眼花缭乱。

因为会干活，小蓉很容易找到活干，每月能挣6000元。

小蓉还对我说，他们小时候读书的小学已经没有人了，村里的人都领着孩子在林西县城读书。打工赚到钱的人在县城买了房，没钱买房的人在县城租房领小孩读书。听了小蓉的话，我心里好难受。农村没有人了，叫空心村。农民们都涌到城里打工，没有技术、没有知识的农民想在城里讨口饭吃，多难啊！

　　小蓉因为太能干，在城里生存还不难。可还有好多不如小蓉的农民啊！每次经过北京的劳务市场，看到在马路牙子上坐着找活的头发花白的农民大哥，我就会泪流满面。我用袖子抹去我脸上的泪痕。

　　如果在自己村里，能赚到钱，能过上好日子。谁愿意背井离乡出来受罪呀。可什么时候在自己村里就能致富呢？我也不晓得那是啥时候。

红薯稀饭

张二冬

多传奇

我村有个懒汉，叫"大皮套"(听名字就挺酷的)。大皮套如今六十多，人模人样的，没有任何生理缺陷。大皮套有房有地，房应该是祖辈留下来的，离我家不算远。小时候我常从他家门口过，屋里乌漆麻黑的，跟废品收购站差不多，堆满各种垃圾。但他家的地，自打我记事起，就荒着。我妈说有一年见他种麦子，直接把麦种一把一把扬起来，撒到地里，第二天，全都喂鸟了。

大皮套自己从来不做饭，每天饿了，就到村里转一圈，垃圾堆里捡点东西吃，生活水平的波动，和村里节气变化差不多，逢年过节，也不缺肉味儿，很稳定，很常规。小时候常听大人讲一些健忘、傻子、懒汉的笑话。比如一个人健忘，媳妇让去买东西，记了一路，快到时摔了一跤，就全忘了。讲到懒汉，就说有一个贼半夜去懒汉家偷锅，第二天懒汉起床，发现锅变样了，跟新的一样，以为眼花了，原来贼把懒汉多年没洗过的锅巴给揭走了。很好笑，很民间。以前我看不起《笑林广记》里的笑话，觉得很尴尬，如今再看，实在经典。

小时候听说，有人偷楼板，楼板你知道的吧？就是那种混凝土浇制的，60公分宽，3米多长的建筑材料，一块起码有400斤，然后一个人，就这样，半夜默默地给扛回家了。

更有段子色彩的是，有一年夏天，麦收季，我们村有个家伙把自己的面包车内部改装成了一个类似抽水泵的装置，在底盘打了个洞，把吸盘隐藏在车底部。接下来就是每天开着车假装在马路上练车，所到之处，农民晾晒的麦子就会被吸灌到车厢里，不劳而获，太过瘾了。不过只爽了两天，就被村民发现抓住了，因为这家伙只在一段路上来回转悠，车过之处，地面就都露出来了，实在太明显。

民风

我们村以前是个寨子，叫高庙寨（网上查，有很多地方都有高庙村，应该就是一个区域地势相对高的地方；庙的话，一般就是龙王庙），有城门楼子，南门北门东门西门，但现在都没了，只剩名字。高庙算是附近比较大的村子，大概有4000多人，而临近的村庄大多几十上百户，而每月逢双号，我们村就会有集市，附近十几个村子都来我们村的集市上赶集。

应该是村子大的因素，导致我们村的人在其他村面前有某种自以为是的霸权意识。队伍比较大、人比较多的群体都是比较强势的，而这种意识流到热血的年轻人身上，就会演化成"霸道""彪悍""坏"，所以我们村的人经常会跟附近村发生一些肢体上的冲突。上初中的时候，就经常能看到我们村的熊孩子欺负附近村的熊孩子。都到高中了，每年回家赶集，还会看到集市上三五成群的年轻人打架，有时候一个两三百米的集市走到头，能遇到四五拨，基本是一个眼神不合就打起来了。更壮观的是，还经常能看到有人开着三轮车，拉着几十号人去邻村打群架。大概就是仗着人多势众吧，像和我们村挨着的范王村总共就十几户，这一车人估计比人家一村的青年还多，所以我们村基本都不会吃亏。我在固始的时候给丁威讲到这个，丁威就很惊诧，说你们那民风，还是很彪悍的。

现在这种情况就没了，因为这几年打架太烧钱了。去年回家，和几个人一块吃饭的时候，听他们聊天，说："现在谁还敢打架啊，派出所过年这两天正缺钱，一巴掌六千，谁打我？谁打我都不还手，脸给他，随便儿打。"

看来法在遏制打架这方面确实有效。

打架

但面对传统，法似乎又没什么用。小时候经常听说谁家两口子又打架了，说小俊打媳妇都是用铁锨拍，拽住头发往墙上撞，女的也不示弱，用指甲挖。但是很奇怪，你看到那些夫妻伤好了后还是一样恩爱，在外人面前互相袒护。今天看他们互相掐，过几天他们就亲密如初了，和什么都没发生过一样，你说她老公不好她还会跟你急。我也不太懂这些人是怎么想的，也许对于他们来说，吵和哭，只是婚姻里宣泄压抑的一种方式吧。

　　当然，那个时代农村大多数女性的受虐心理可能还是出于无奈，作为一个习惯了被男人养家的女性，她们不知道离开那个家后该去哪，该怎样生活，比起家暴，她们更怕的是未知。而且更无奈的是，大家都觉得媳妇打婆婆、婆婆虐待儿媳、老公打老婆、父母打孩子，都是家务事，报警不只会被村里人说闲话，而且还会被派出所笑话，派人跑一趟都嫌麻烦。至于那种家庭暴力庇护站，更是没出路。那些道义层面的协调方式，只能给恶棍喝碗心灵鸡汤，打点说教的官腔。最后恶棍碍于面子与权威，脸上抱歉，心里觉得太他妈丢脸，恼羞成怒，回去之后定是出手更加带着恨意。

男权末流

　　不过今年回老家，这个关系就变了。

　　每年春节回家我都会有意识地听发小聊天，观察那些小时候就熟悉的亲戚、邻居的变化，而且最有趣的就是听他们叨叨村里的八卦。对于一个集体来说，坐在村头话人长短，论人是非和坐在办公室里追热搜一样的丰满，区别只是一个是嚼着瓜子闲聊，一个是刷着手机隔屏吐槽，都是在消费、交换信息。

比如我妈就给我爆了好几个料，说我们家后面那户，老大去年人生病死了，老婆就过继给了弟弟。还有挨着邻居家的年轻人，家里太穷了，穷到家徒四壁，所以过年从来不出门，别人都是春节了到处串门小聚，只有他天天躲在家里。太自卑吧，也找不来媳妇，直到去年才花了打工攒下的一点积蓄买了个缅甸的媳妇，开心了一段时间，见人就发烟，笑得特别灿烂。但很不幸，两个月没过完，媳妇就跑了。现在这个年轻人，又像以前一样，整天躲在屋子里，一言不发，只有太阳特别明亮的时候才会走出来，一个人坐在房檐下面的条凳上。

我发现，这些八卦信息里，大部分都是和婚姻有关，或者说，男女问题是现在农村人面临的最大的问题。比如现在男孩子结婚难，就是95后到00后的男孩单着的特别多，找不到对象，前几年还有说媒的，到了他们连说媒的都没了。这点在年底红事频率的日渐零落上，表现得最为明显，原因就是同年龄段的一代，女孩太少了。

重男轻女最严重的一代，女孩子都给流产流掉了，这是一个现实。求大于供，男性自然就会贬值。最直接的表现就是，现在我们村，男性离过婚不好再找了，但离过婚的女性，就很容易再嫁，而且带个娃都被媒人竞相争抢。

谁也没想到，女权的崛起竟源于珍惜。所以现在农村男性地位其实比城里男性更低，而对离婚打光棍的恐惧，则直接减少了家庭暴力的概率。

偷抢拐骗

90年代河南人恶名在外，不是没原因的。就拿我们驻马店来说，在我的记忆里，我们村最先富起来的，都是干非法勾当的。而且农村很容易把一个成功的案例形成产业，比如那些讨饭村和小偷村（还是宗族意识的产物，最先出去挣到钱的人，回来后就会带一批自己亲近的人集体行事），我们村最多的几个职业就是"揣卡子"（工地上的钢管用的铁扣）、"偷卡车电瓶"和"用假钞行骗"。那个时候，没人在意谁在外面做什么，只羡慕那些出去两年回来就能盖得起新房的人。我们现在都会认同，犯法被抓了，家人应该有点羞愧意识，抬不起头什么的，但事实是，那个时候偷抢拐骗被抓了，自己是没有一点羞耻感的，亲邻好友谈论起来，也都很自然，轻描淡写："那谁啊，今年过年不回了，在里边儿关着呢。"

还有很典型的。比如有一年仅我们乡，就有900多个通缉犯，而且这些还都是犯案比较大的，那些小偷小摸的都不算；而我们北边的小镇更甚，以做假钞著名，假钞假证什么的，在那里没有办不了的。

有意思的是，听起来那里的人们，像生活在贼窝一样，应该会很没安全感，但在其中长大、生存的感受，其实和全国其他地方的人一样，一样是人人以礼相待，乐善好施，一片祥和。像我们村的阿升在湖州打工，在城中村住，说上午偷的电瓶车，下午就被别人偷走了。但即便在那样一个环境里，老家人去找他玩，不是亲戚，也会厚待，很仗义。我在西安就见过这种老乡，都知道驻马店人在外地，霸占着两个领域，一个是捡破烂，开收购站；一个是卖早点，油条胡辣汤。那天我就碰到一个骑着脚蹬三轮收破烂的，本来想坑我，眼神很不友善，充满阴诡狡诈，聊了下原来是一个乡的，笑容瞬间就变得很干净，质朴又温软。

河南人的宗族意识最明显，也不难理解，河南地处中原，没山没海，靠天吃饭，只要有灾害，不管蝗灾还是洪水，就会有人饿死。加上古代中原又是政治经济中心，粮食生产的主要来源，所以每遇极端统治，受克扣和残害的也是河南百姓为先，历来饿死人的故事，都是从那里传出来的。还有周而复始的军事战乱，基本都是把中原当做争斗的战场，"称霸中原""逐鹿中原""角力中原"，河南人历史上遭遇的苦难，比现在的中东难民还多。历史对河南人的伤害，像是炼狱里成长出来的孩子，对外族人充满敌意不信任，天生的狡黠与防备，所以只能最亲近的人才能接近，那是历史教会他们的自我保护。

记得看奇葩大会，有个选手说：一个人本身是没有铠甲的，受的伤害多了，铠甲慢慢就长出来了。你去注意身边的人，就会发现，河南人脸上有一种很清晰的，沧桑与苦难。记得以前上学的时候，在一趟开往新疆的绿皮火车上，看到那些背着行李去新疆拾棉花的河南人，就是这种感觉。不过值得欣慰的是，这些年地理交通的优势，让河南这块广阔平原的穷人也开始逐渐富了起来，没有穷凶极恶的生存需求了，自然就会慢慢放下戒备，松软铠甲。

"儒表法里"

大伟比我们都大几岁，很皮，也比较能打，算是我们南门这边几家里面比较能出头的，但就是对女人脾气不太好，有暴力倾向，和玲玲结婚好几年，经常打人家，下手还重得很。直到2013年吧，玲玲彻底忍受不下去，扔下三个孩子，离家逃走了。

玲玲人挺好的，在我们村口碑也好，长得好看也很贤惠，所以大伟老婆跑了这件事，在我们村长期被议论，大多都是在谴责大伟过分。有年我去郑州，碰到了玲玲，聊了很久。玲玲说每次见老家来的人都特别亲切，三个女儿还在老家，但大伟家的人不让这当妈妈的见她们，这是她最难忍受的。然后还说到她现在的生活，在一家内衣店打工，每个月两千多，希望我回老家时能拍张她女儿们的照片传给她看，她太想她们了，说到三个闺女就想哭。我说再等两年，等你大闺女上大学了，她爷爷奶奶就拴不住她了，那时候闺女肯定会来找你。玲玲说，是啊，我也在等。

两年前过年回家，听说大伟又找了个媳妇，还算依顺，妻管严，晚上有规定，打牌必须到9点就得回家。但安顺的日子并没能过多久，春节前一天，新媳妇刚生的孩子还没满月就死了，说是睡觉的时候忘了翻身，给趴着憋死了。孩子埋掉后那段时间，很多人又都在讨论大伟，都说玲玲好，大伟不该打跑人家，得了报应。然后这种议论长期霸屏，直到村里人一聊到谁家孩子不好好过日子得了报应的例子，就会聊到大伟。

后来再回老家看见大伟时，他明显看起来苍老和稳重很多，早没了前些年那股霸道和戾气。很明显，这种天不怕地不怕硬汉的改变，并不是被"一巴掌六千的派出所"给掰弯的，而是因为那种人与人之间内在的秩序——当他意识到他在村里人心里和眼里都是一个"老婆被他打跑了，又娶了个媳妇不咋地，生个孩子又死了"的人设时，才彻底害怕了。

红薯稀饭

我妈很典型，常以自己的认知来定义他人世界里的对错，而且还能凭想象论是非。比如我自己住时，不太喜欢煮粥，嫌麻烦，喝点开水就解决了。然后我妈知道后就很震惊，说哪有不喝稀饭的，不喝稀饭那还是人吗！

我爸爸就更执着，就在年前，我跟我爸讨论人不一定要结婚的时候我爸还说："三十几岁还不结婚的，还是人吗？！"说到丁克，也是："不要孩子的还是人吗！"哈。

约定俗成的东西他们认为是真理，不可逾越，有点像宗教，只是他们有着自己的教条，很像芒果台"我家那闺女"里那几个爸爸。发现那一代人的执着都是一致的，想来还是男权社会的残留物，君为臣纲，父为子纲，夫为妻纲，所以他们才这么刚，刚愎自用。

只不过他们也尴尬，男权的末流了，现在女权如洪水猛兽，而且更大的势力，就在下一个街口。

熟悉的陌生人

每年回家，那种世代轮回的感受都会清晰一些，比如街上那些穿着蓝黑粗布棉袄，裹头巾的老头老太太没有那么多了，他们可能会是最后一拨这样穿着的老人，逐渐消失的裹小脚的老太太，就像一个时代正在合起句号的圈。而那些八零后的小学同学们赶集的时候，和他们外出打工的父亲的形象开始越来越相似，以至于我想打招呼时都不知道是不是会认错辈分。

我们老家有一个现象，就是村头最边缘的地方，有很多小柴房一样的简陋建筑，那些建筑各自散落，和村里面那些庞大密集的两层楼比起来，就像繁华都市旁边的贫民窟。而那里面住着的，都是从村里，被自家儿媳赶出来的老人。

我爸给我讲，邻居小高虐待他妈，说最后的半年，老太太瘫痪在床，被扔到一间阴暗的柴房里，偶尔想起来，会捂着鼻子丢碗饭进去。大概是屎尿没人清理，下体长期腐烂的缘故，老太太太难受了，就又喊又抓，小高可是见不得这般闹心，就找了块布把老太太嘴堵上，又找来绳子将其双手双脚呈大字绑在床上，直到后来忘了送饭，活活饿死。

这么来看，对老太太来说，地狱就在人间吧。

我表妹家大姑婆也是饿死的，五个孩子，谁也不想去送饭，想起来时过去看，已经饿死了。

我们村还有一个死之前就在人间炼狱走了一遍的。我爸说北门有一家老人，也是老得动不了了，太臭，就被儿子从屋里抬出来，丢到平房顶晾晒着，但那正是三伏天，只半个月，老头就给晒死了。

看起来有些极端，但你要是每个村做个调查就会发现，这并非偶发个案。我们邻居讲，王曲有个人，老母亲还没死，就打电话叫了个火葬场的车给拉走了。这事之所以能从王曲传到我们村，是因为火葬场的人到了后才发现，要火葬的是个活人，报了警。

印象中小时候，农村老人看戏，最爱看的就是那种批判儿女不孝顺的内容，《墙头记》啊，《拉荆笆》啊，《我爱我爹》之类的。其实民间戏剧里很多都是这种题材，但我觉得这么广泛的教化题材之所以几百年来一直没什么用，就是因为这种创作"只写了一个老领导退休之后的落魄，没有写老领导在任时的跋扈"。

怎么说呢，每个中国父母在孩子成长期间都会有种自上而下的权力感。即便现在我们老家农村办白事，还会把二十四孝宣传套图挂出来，记得小时候我看那些故事，有读《一千零一夜》的奇幻感，不合常理、反人性。权力是个金字塔，每个人都认同塔尖的人对下层有着绝对正确的权威，所以父母最习以为常的思维也是：我是你老子，你得听我的，生你养你，为我所用。他们很少会对一个孩子的独立人格怀有尊重，而这种绝对正确，从选择到充满强势的自以为是，都会影响到孩子对这种权力感的认识。旧时代父母绝对正确的霸权，会让每个下一代效仿——既然你以权力对待，那当有一天权力交接的时候，就有你好看。

中国的孝文化，就其不好的一面来说就是一个独裁者，身体力行教下一代怎么掌权、享用权力，每个家庭都是最小的权力金字塔，每个成年的儿子都是长大后的篡位太子。他们缺少的并不是同病相怜的批判，而是人与人，如何相互尊重的身教言传。

当然，说本质，不谈个案。

久病床前人与人

我们都说不要考验人性，随便扔两三个人在大海上漂个半年，都会有那么一瞬间，有吃掉对方的心，而"久病床前无孝子"，就是在考验人性。我们村有个老太太，老年痴呆三年了，大小便必须换纸尿裤，除了和自己一样躺在床上的丈夫，谁都不认；吃饭要喂，而且随时发脾气，打翻碗或吐人一脸。虽然儿女人都很好，很善良，但三年，一千多天，每日每夜这样照顾，多大的耐心，也给拖垮了。而这还不算严重的病人，拖垮的也只是耐心，那些生病躺在床上，需要不断输钱的，就直接拖垮了一个家族的生活。

我曾在我哥住院期间，在他同住的病房里，见到过一对夫妻，那对夫妻各自轮班，满脸憔悴，照看着病床上刚换完肾的孩子。说是九年前自从这个孩子得了尿毒症，两个人就这样在医院里过了，从透析过程到透析之后的谨小慎微，到上一次换肾，这些年的精力和攒的钱全都用来给孩子看病了。两个人已经不记得正常生活是什么样子了，只有焦虑和怨气。但焦虑和怨气又不能时常在孩子面前爆发，于是就只能压抑着，变成眉间一道道刀刻的痕。本来这次不打算给他二次换肾，实在撑不下去了，但又过不了道德这一关，就借了钱，再来住院。当然，换完能好起来更好，但如果排异出问题，也算尽力了，图个心安。

那天我出去给我哥打开水，回来后，看到两个人靠墙站着，护士在收拾担架，抬起刚死去的那个孩子，两个人就那么看着，谁也没去帮忙，一点悲伤都没有。那时候我就在想，他们看着这一幕，潜意识里更多的，应该是期待已久，舒了一口气吧——终于可以正常生活了。

有车有房

发小鹏鹏买了个国产车，山寨丰田霸道，我们几个都觉得没必要，太烧油了，一点都不实用，同样价格可选择的那么多，实在不该买这个。但鹏鹏可不这么想，从小被我们几个欺负的小个子，开着这个山寨霸道在拥挤逼仄的村道上蚁行时，颇有开坦克的气势。

看过一张图，说是霸道车友会和mini车友会的对比图，图片上开霸道的都是五六十岁的土味老头子，开mini的都是三十多岁的娇美小姐姐。霸道和mini，只是他们各自对自己的期待，他希望自己霸道有力，她希望自己mini卡哇伊。

所以审美都不是凭空来的，就像农村人对"大"的追求，只不过是上行下效。我曾去陕西民俗博物院游玩，花了120元的门票去看里面的建筑，最直接的感受，就是古人太喜欢"大"了。三进三出的院子，每一家都像个小型宫殿，暂不说雕梁画栋的精致，就是院子里一块块的巨石路面，铺完都得小半年，太厉害了，百年大计，皆是虚荣在推动着前行。

我曾想象过，权力的源头是什么，就是一个两米的敏捷壮汉，对决一个一米五的瘦矮矬。那种自信和安全感，应该就是权力对人最根本的价值，接下来才是女人和粮食。所以一个平民才会在生活过程中，将一切所得财富，用来武装自己的形象，而高大的门楼和私宅，则是力量最直接的延伸。因此从帝王到平民，才有了宽窄、大小的规矩限制：以外延力

红薯稀饭

量划分等级秩序。

到了当代，虽然没有了那种不可逾越的制度性阶级，这个秩序，却依然根植于人心里。就像我们村的建筑，每家每户都是楼房，三层、两层，几百个平方，十几间房，但里面空空荡荡，一点像样的家当也没有，像个体育场。

而城里人对豪宅别墅的需求，也是权力意识的体现，区别只是农村人的浮夸虚荣，毫不掩饰，都在脸上。

老房子

上次跟朋友聊天，我说我每次看到有人悯惜一些民间手艺的消失时，就像看到那些知识分子悯惜被破坏的文物、古建筑，觉得很狭隘。对于历史来说，过去式的东西，只有学术价值，缺乏现实存在的意义。就像对于一个农民来说，很多祭祀习惯，都是和土地有关的，为求风调雨顺，五谷丰登；但当他连土地都没有了的时候，那些祭祀活动自然就消失了。而悯惜的人，其实大多都是文人自以为是的私心，他觉得很原始，很神性，很感动，但农民自身是不需要这个的，农民只想生存。

我们对建筑太丑的担忧，也是多虑的。我小时候家家盖新房，都习惯在外墙周围贴满长条条的白色瓷砖，有钱的全包起来，镶满一圈儿，没钱的就镶一个面儿，一块一块密集排列的马赛克，像姑娘们脸上的脂粉。现在看，其实给房子表面镶瓷片是因为父辈们生长的年代太穷了，那种穷是一代人的自卑，先富起来的万元户们都有暴发户心态，盖房子当然要表现出来。所以最先贴瓷砖的想法其实就是给苹果手机外壳套层土豪金，都是穷人的存在感。

现在攀比的方向变了，我们老家现在新盖的房子，基本都不再注重贴瓷砖了，开始注重大和舒适感，外观简简单单，刮遍水泥就结束，但楼最好宽敞、明亮，落地窗。所以农村建筑，其实是在进化的，只是脚步慢些而已。

污染

不过农村有一面，确实很严重，就是污染。

我们村的水肯定是污染超标的，因为每家每户的垃圾都从自家院子堆积到院外的街道、坑道里，而且年复一年，从没有人清理，几乎全村的每一个水坑，都被垃圾填满，有各种烧不掉的工业塑料以及农药瓶。但我小时候就没这种情况，那个时候，大家也没有清理垃圾的意识，也没见这么多垃圾如山。我想这还是和时代有关，一来，那个时候的垃圾，大多是木屑纸片之类，没这么多塑料；二来，那个时候每家每户都烧土灶台，垃圾基本当柴烧了。当然还有一个很重要的原因就是"穷"，穷的时候，垃圾也会攒起来卖给收购站换几毛钱。另外，那么穷，哪有机会制造出那么多垃圾。

还有粮食污染，更是严重。我家种了七亩地，我妈妈最喜欢的农药就是"百草枯"。两季粮食，不同的除草剂，每季都打三遍以上，差不多每一寸土，都是农药喂养的。这也不怪农民，就我个人种地的经验，半亩地如果一个人想打理好，光是浇水除草，就够一个人忙活半年的。也就是说，在以前，一个农民，养活一个家庭，如果想有个好的收成，没有化肥除草剂的情况下，只是种地，都得像工作一样，朝九晚五耗上一年。所以有了农药，老百姓就都很高兴，以前早晨五点下地除草，九点太阳晒背就收工，现在种地，几瓶药下去麦田里就寸草不生，这种省心省事的魔法剂，没有哪个农民能忍得住不去使用吧。

所以根本不能怪农民，这就是考验人性，是一条五分钟就到的近路，和一条两个小时才能抵达的弯道之间的选择，在这个选择面前，农民们完全没有抵抗力。所以他们不是没想过一瓶毒药同时喷上去能把所有杂草都毒死唯独麦子更加绿艳这种事，是不是有点不合逻辑，而是根本没有心思考虑。

狗

农村大多数的狗窝都很随意，随便挡块板子，或者丢个箱子，就是窝了。而且大部分狗窝的位置和它的地位一样，都在房屋最边缘的地方，功能很明确，就是遮风避雨。但其实很多时候，避雨还行，遮风都没用。狗窝的形式，其实侧面表达了人的那种不以为然的关照，或者忽视，很显著。

这没办法，狗在农村的角色，基本还是看门的工具，是"牲畜"。牲畜是附庸，和奴隶的角色差不多，不是伙伴，不对等，当然不需要关照，这大概是农村人眼里，对狗最根本的认识。记得我给土豆、郑佳盖窝的时候，我们村里人就笑话我："谁还给狗单独搭个窝啊，刮风下雨狗自己就找地儿卧了。"你看，不管河南还是西安，村民对狗的态度都一致。

但认识和品行无关，农村人和城里人没什么区别，人性都是一致的，只是认识不同，才看起来文明。所以"素质"不是品性问题，是意识问题。就像我们村垃圾遍地，是因为在村民的认识里，只要他把院子里的垃圾扔到墙外去，自己就不受影响了，但他要是认识到，扔到墙外的垃圾会随着雨水渗入地下，最终又喝进自己胃里，估计就不会乱扔了。

重点不是批判，而是意识的转变。

人造肉

朋友说很多口味都是穷人创造的，像酸菜、腊肉、臭豆腐，最初都是因为放坏了，又不舍得扔，然后成了美食。我奶奶就因为穷，发现了一个她认为特别好吃的东西，就是白菜根——白菜最底部被切除扔掉的那部分。穷人吃白菜，是舍不得切掉根的，于是每次煮白菜，就连根一起煮，孩子们吃叶子，我奶奶就会把菜根挑出来吃，久了，味道就成了记忆。我奶奶说，就是爱那个味儿。我尝过，是挺特别的，跟白菜味儿区别很大，完全像另一种菜。

我妈每年都会做槐花面吃，和茄汁面一样，就是把槐花裹面粉煎一下，面煮好以后，倒到锅里搅一搅，再撒点葱花之类。我奶奶说，吃起来跟小鱼儿一样。

吃起来跟小鱼儿一样，一听就是来自穷困的比喻。

农民以前日子过得穷，吃不上肉，所以很多菜都希望能做出肉味儿，"吃起来跟肉一样"，是对一个菜最好的评价了。比如河南有种豆制品，叫"人造肉"，炒韭菜很好吃，其实就是用大豆压制的类似像腐竹一样的豆制品。人造肉，在现在人眼里看起来有点恐怖，是因为"人造"这个词大多数跟假东西关联在一块了。但以前不是这样的，以前"人造肉"听起来，是能让农民欣喜的——人可以把豆子做的食物吃出肉一样的感觉。穷人买不起肉，但豆子家里多的是啊，这样的话以后不就等于可以天天有"肉"吃了。

还有很多，面筋最初造出来时，也是因为吃起来有肉的口感。陕西有个小吃叫"浆水鱼鱼"，就是把凉粉做的跟"小鱼儿"一样，也叫面鱼。

豆腐脑，不但要有鱼有肉，还要有脑吃。素鸡，就不用说了。

面蒸鸡

到了现在这个时代，大多数人都会有种错觉，就是感觉基本上不论你身在何方，都能吃到全国各地的美食。因为每个城市都有不同菜系的菜馆，甚至来自全世界的口味，都可以吃到。但其实我们能吃到的，只是所有美食里的冰山一角，每个区域都有很多美食是别的地方吃不到的，只能在当地，才会有。因为中国这么大，特色美食上万种，几个菜系，所能承载的也不过几百种（来来回回大多数都是各自菜系里典型的几个菜）。

比如我们老家有一种"面饼蒸鸡"，在其他地方你们就吃不到，也创造不出来。因为面饼蒸鸡，必须依托三种条件才能被创造出来：第一，粮食大省，以面食为主。第二，穷，穷人家里，好不容易有了点肉吃的时候，就会把这份美味最大化，于是就在肉上裹点面粉（小酥肉就是这么诞生的，一斤肉，本来只够两个人吃，裹上面粉炸一下，就能变成一斤半的肉，够三个人吃）。有幸有鸡吃的时候，就再往前推一步，不但把鸡肉裹上面粉增多鸡肉的分量，还在蒸鸡的时候铺上一张薄薄的面饼，这样面饼也有了鸡肉味。一只鸡，就能吃来两只鸡的分量了。第三，就是地锅。很多菜确实只有地锅才能做，因为地锅温度高，受热均匀，柴火有穿透性，最适合焖蒸。

还有一种特色美食，也很难普及，比如我在固始的时候吃过一家鹅汤米线，那家米线之所以好吃，让人怀念，就是因为他家隔壁是卖鹅块儿的。这样两家合作，隔壁的鹅料，每天都用他家的锅炖，十几只鹅炖一锅汤，炖好就把鹅给隔壁卖鹅块，自己用炖鹅的汤煮米线，并且只卖五块钱一碗。但如果不是因为隔壁刚好在卖鹅块儿，提供这种免费的熬汤素材，怎么着这一份米线，也得几十块钱才能够本。

所以这种美食，其他的地方就很难吃到，因为要想开一个一样好吃便宜的鹅汤米线店，就必须旁边再开一个鹅块儿店。

乡愁

一直有种遗憾，就是觉得自己太拘谨了，比如说你让我去玩儿直播，顶多就直播点我所看到的，主观的视角，像自己上手，尬舞搞怪恶作剧什么的，就不太可能，太端了，跟自己最亲近的人一块玩都放不开。但我自己又特别羡慕那些放得开的，或者说大多数人都羡慕那些放得开的，那里面有一种很"真"的释放，手舞足蹈，撒泼打滚，很痛快，像我童年。

活在中产阶级幻象里的人，都喜欢眼睛往上看，不喜欢平视，他们认为自己的世界应该是媒体、品牌、电影院、旅行、禅茶、美食街；他们喜欢偶像剧、金融娱乐、明星八卦，喜欢广告片里呈现的世界，对身边的现实世界毫无兴趣、充满鄙夷。低俗这个词是自上而下的逻辑，很粗暴，傲慢：低，所以俗。但一个生在底层的世俗之人从不会认为自己很俗，

崖边 · 吾乡吾民

行走坐卧放荡不羁，布衣蔬食鸡毛蒜皮，那也是他最基本的状态。

所以我很喜欢刷快手、抖音这些东西，很开心，快手里用户的日常，就是土得掉渣，土得很自信，土得无意识，土得有泥土气；土是基本状态，很真实，很痛快。工厂、地摊、服装店、乡镇、农村、城中村，那里面有属于他们世界的价值观、美学，独立又系统，没有人设障碍，纯粹的个人主义，像丑姑娘的自信，矮穷矬的自嘲，令人赞叹。正如我讨厌的不是雅，是"假"；喜欢的不是俗，是"真"。

作者简介

张孝德

国家行政学院经济学部副主任、北京爱故乡文化发展中心理事长。

陈东捷

《十月》杂志主编。

鲁太光

中国艺术研究院马克思主义文艺理论研究所副所长、中国语言文学系主任，研究方向为当代文艺批评与马克思主义文艺理论。

黄灯

学者，非虚构作家，现任教深圳职业技术学院，从事当代文化研究及文学批评，代表作《大地上的亲人》。

刘汀

《人民文学》编辑，代表作《老家》。

王昱娟

西安外国语大学副教授，致力于中国现当代文学与文化研究。

饶翔

青年批评家、《光明日报·文化周末》副

主编。

虞金星

青年批评家、《人民日报》文艺部编辑。

季亚娅

青年批评家、《十月》杂志编辑部主任。

高明

上海大学文学院文化研究系讲师，长期从事城乡关系研究，在乡村建设领域有实践经验积累。

黄志友

乡村建设志愿者、北京爱故乡文化发展中心总干事。

刘忱

中央党校文史部文学教研室主任。

孟登迎

中国社会科学院大学人文学院副教授，研究方向为马克思主义文艺理论和中国当代文化。

狄金华

华中科技大学社会学院教授。

何慧丽

中国农业大学人文与发展学院副院长。

潘家恩

重庆大学文学与文化研究中心主任、博士生导师，致力于乡村建设、城乡文化研究，代表作《中国乡村建设图录》。

韩少功

著名作家、评论家，代表作《马桥词典》。

祝东力

中国艺术研究院副院长

昌切

武汉大学文学院教授、博士生导师。

张慧瑜

北京大学新闻与传播学院研究员，从事基层传播、非虚构写作、文化研究，代表作《视觉现代性：20世纪中国的主体呈现》。

吕途

发展社会学博士，代表作《中国新工人：迷失与崛起》《中国新工人：文化与命运》《中国新工人：女工传记》。

何效义

篆刻家，代表作《铸印》。

陆春桥

纪录片导演、摄影师，代表作《初三四班》，有摄影作品在国际影展中展出。

张子艺

媒体人、非虚构作家，代表作《锁阳城里的风铃草》。

闫瑞明

农民，曾做过生产队手扶拖拉机手、赤脚医生，擅长多种乡村手艺。

董可馨

《南风窗》记者。

刘志红

音乐人类学硕士，代表作《戏班十年》。

崔国辉

作家、出版社编辑。

范雨素

作家、保洁工，代表作《我是范雨素》。

张二冬

画家、作家，代表作《借山而居》。

作者简介